U0074044

宜蘭海傳說

海上夢幻王國

永遠的家園

PUSORAM

張秋鳳 著

村落分佈與人物代表

海上夢幻王國
蘭陽溪的風雲・海上不安定

一、Tamayan村

人物代表：Takid、Zawai（父子）、Piyan（Zawai 之妻）

二、Hi-Fumashu村

人物代表：Kunuzangan（長老）、Vanasayan（長老 夫人）、Avango（子）、Abas（Avango 之妻）

三、Baagu村

人物代表：Papo、Pilanu（為Lono的最佳助手）

四、Torobuan（Torobiawan）村

代表人物：Lono（第一部村落王子，與Avango為同 父異母之兄弟）、Saya（Lono之妻）

五、**Tupayap村**

　　人物代表：Kaku（Kulau之好友）、Ipai（為妻子）

六、**Tuvigan村**

　　人物代表：Kulau（與Kaku為好友）、Wban（為
　　　　妻子）

七、**Vuroan村**

　　人物代表：Anyao、Tanu（Tiyao最佳助手）、Basin
　　　　（Anyao之妻）、Ilau（Tanu之妻）

八、**Torogan村**

　　人物代表：Tiyao（第二部村落王子）、Avas（為
　　　　妻子）

蘭陽溪的風雲‧藏身好過冬

一、**Panaut村&Karewan村：**

　　人物代表：Zawai、Piyan（夫妻）

二、**Tupayap村&浪速海灣：**

　　人物代表：Avango、Abas（夫妻）

三、**Binabagaatan村&大濁水溪：**

　　人物代表：Papo、Avas（夫妻）

四、Vuroan村&Torogan村：

　　人物代表：Lono（村落王子）、Saya（夫妻）

五、Kirippoan村&Takili河：

　　人物代表：Pilanu、Api（夫妻）

相關人物：

　　海龍將軍、海龜將軍、水晶、Kean-Taroko王子。

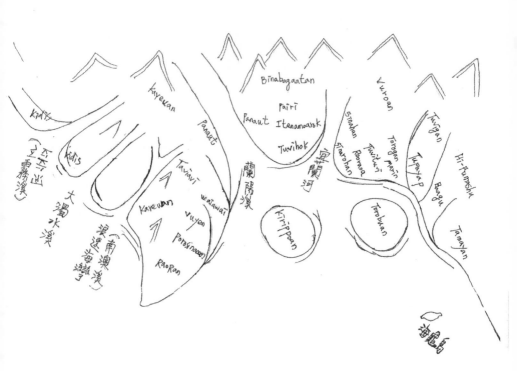

古世紀宜蘭海分佈圖

古今地名對照表

宜蘭縣

Tamayan Hi-Fumashu Baagu	頭城鎮
Torobuan Torogan Tupapay	礁溪鄉
Tuvihok	員山鄉
Kirippoan	壯圍鄉
Panaut	三星鄉
Waiawai Taviavi	羅東鎮
Vuyen RaoRan	冬山鄉

花蓮縣

Kidis	新城鄉、秀林鄉

【自序】來自Sanasai傳說

新聞專題講述著一段攸關蘭陽溪河川被無限期租用的事：

> 蘭陽溪河川地原本只放租泰雅大橋至北橫公路口，但因為租金低廉，近年來放租面積大幅向中上游延伸。農作物改變蘭陽溪谷樣貌，整地、開路後的河床，更破壞了河流原本的水道，大雨一來就釀災。當地環保團體與立委田秋堇批評，在蘭陽溪整地的農民，多半是中南部來的「金主」，宜蘭在地農民反而只是受僱者，對收入沒有助益，環團多次呼籲河川局別再放租，但情況未見改善。

這使我想起過去參加劉益昌教授在講解古台灣歷史的一段Sanasai傳說：

> 大台北地區的馬賽，會追溯祖源到Sanasai；哆囉美遠

人則追溯祖源到達奇里；而宜蘭的噶瑪蘭人——特別是溪北的部分，卻追溯祖源到北海岸的馬賽。其中的差異，除了透露族群移動過程中，會有原鄉、第一居停地、第二、第三、第四……原鄉的變動與相對性，也使Sanasai傳說圈的空間範疇，以移動的主體為中心，產生多層次的變化。從歷史的角度看，南來北往、大大小小的移動，正顯示族群的分布，是時時處於變動不居的狀態；同時，此一變動，長期以來又局限在一定的空間。Sanasai傳說圈的族群體系，因此也隨著長時段的時空之變、短時段的穩定狀態，呈現著不同的族群內涵。

　　承襲撰寫上一本歷史文學小說《大肚王國的故事》的精神，開始走訪宜蘭各古蹟名勝，同時觀光賞景、吃海產吃到飽的作者，一個人站在宜蘭火車站，突然發呆起來了……。這時，有一道天光從天而降，彷彿對我說：「天將降大任於汝也，汝必將茲寫出來。」

　　我在尋找宜蘭古文化歷史的考據中，如同《大肚王國的故事》的歷史一樣，穿鑿附會，要抽絲剝繭的才能理清出來所有最確實的歷史脈絡，因此我也發現蘭陽溪歷史文化從頭城開始經礁溪劃一直線，到宜蘭、羅東，再劃一道直線到蘇澳，以東

都是一片大海，我統稱為：宜蘭海。在這一本蘭陽溪河流歷史文學裡，講述的就是宜蘭海的夢幻王國故事。

我們過去所認知的噶瑪蘭族（Kebalan）以前稱為「蛤仔灘三十六社」，但事實上其聚落的數量超過六七十個社。我覺得殊不論村落有多少個，在整個東部宜蘭海地區，和台灣中部的Camacht王國一樣，都是一個聚落繁榮、物產富饒、資源充沛、人民生活安定的海上王國。

我在尋找蘭陽平原的古文化歷史期間，意外得知，最先居住在宜蘭的原住民並不是噶瑪蘭族（Kebalan），而是另一個族群Pusoram人。這個Pusoram人來自海上，他們在海神的庇佑下尋找到一塊樂土，建立海上王國，於是這一群Pusoram人從海上歷經海上翻騰攪擁的浪花來到了宜蘭海一帶的沙洲，建立了一個屬於自己的家園，同樣地，這一群Pusoram人在海神與天神的預告中，也發生許多劫難，然而在天神與海神保護中和山神引導下度過這些的劫難，這個劫難有來自於大山Taroko人和Basay人，還有來自遠方海上不知名的族群海盜。

究竟天神與海神如何幫助Pusoram人避開這些劫難？他們又如何成功地保護族人、守護家園，留下寶貴命脈，繁衍世世代代子孫，繁榮擴展其王國呢？這也是本書所要闡述與描繪的。

　　《宜蘭海的故事》就是要還原整個Sanasai原住民的傳說，以及先民們遷徙移居在大山與大海之間，如何化解各村落之間的衝突，尋求彼此和平共存共榮的故事。

張秋鳳

2015年5月

宜蘭海傳說

CONTENTS

前情題要

經過了風風雨雨的折磨，海神派來的Saya公主，終於獲得了村民的認同，可以一起興建新村落，與村民共同生活，建立家園。

建立新村莊是充滿挑戰的，Lono王子和Saya公主要如何領導村民，一同實現先祖的預言，建立屬於他們的海上王國？

70.回到真誠的歲月

幹了一整天活也夠累的，大家放下手上工具準備休息了。Lono王子原本期待建立新村落的事情只須用到原先三個村落的精壯勇士就可以順利完成了，沒想到其他村民也都自動加入，讓工程得以提早不少時日完成。

有些年長的村民告訴Lono王子說：

「已經很久沒這樣活動、活動老骨頭了。」

「這把年紀還能親手建立自己的家園感覺真不錯。」

再看到大家這麼勤快團結地合作，真讓人耳目一新。Lono王子的建村夢想從一開始的不被看好到現在變成了眾所期待，讓他一時之間感動得不知說什麼話才好。他一個人坐在沙丘的大岩石上，看著大海，吹著風，旁邊地上有不知名小蟲緩緩爬著，野草的清香隨著海風拂面而來。

Saya公主靜靜地來到Lono身邊，在旁邊的岩石上坐下，問道：「在想什麼？」

Lono王子轉頭看她一眼，又繼續看著海，說：「村民都睡了。」

「工作了一整天，大夥顯然累壞了，有的早早睡去，說什麼『明天還得繼續工作』呢。」Saya公主說。

「我這樣做到底是對還是錯，我自己也不知道。」Lono王子說。

「不過，也有村民說已經很久沒這樣努力生活過，所以在休息棚內開始聊起自己以前的豐功偉業而樂此不疲，惹得大夥哈哈大笑。」Saya公主說。

「我也聽到來這裡幫忙的村民跑來告訴我說，過去在先祖時代都是自己親手建造村落的，親自用雙手雙腳造橋鋪路，可以說是篳路藍縷、胼手胝足奮鬥過來的。以前村民就是這樣生

存下來，過著與世無爭的生活。」Lono王子說。

「你是說以前你住的那個島嶼嗎？」Saya公主說。

「嗯。」Lono王子點頭說。

「你讓村民感覺好像回到過去，回到那個真誠的時光，讓村民在異地感覺不到這裡是一個陌生的國度，勇敢地接受新的生活、新的挑戰，你是對的。」Saya公主說。

「這大海真平靜。」Lono王子看著Saya公主突然冒出這句話。

「天上星星也增加不少。」Saya公主接著說。

兩個人突然相視而笑了起來。一會兒，一陣海風吹過，Saya公主身子顫抖了一下，Lono王子連忙用他堅實的臂膀將Saya公主拉進懷裡，說：「這樣好多了。」

Saya公主點頭微笑，無限溫柔。兩個人並肩看著大海，聆聽著海浪，好一會兒沒有說話。

「村落完成以前必須在這兒住上一陣子，很可能會吹海風吹上癮喔。」Lono王子有所感悟地說。

「明天還要工作，你得早點休息。」Saya公主說。

Lono王子突然嘆了一口氣，Saya公主問：「嘆什麼氣？」

「感嘆沒把你照顧好。」Lono王子答。

Saya公主注視著Lono王子的眼睛，伸出食指壓在他的唇

上，示意他切勿如此多慮。

　　大岩石是個很好的避風港，在大岩石下方，Lono王子早已
鋪好的草床，等著與Saya公主共枕眠。兩人望著天上的星星，
聽著海浪聲，天為幕，地為床，不只是海上人民的宿命，也是
海上人民最大的幸福。Saya公主在Lono王子懷裡蜷縮著身體沉
沉睡去，臉上浮著甜蜜的笑容，如夢中幸福情境。

71.一公一母兩隻雞

　　海面露出一線白，霧濛濛的天際召喚著大海的子民。有些村民趁著微亮曙光帶著器具在溪流旁打水，臨時炊煮的地方早已升了火為大夥準備一天的食物。沼澤池裡青蛙「撲通撲通」地在水中跳躍嬉戲，幾隻散漫的野鳥在矮木林裡覓食，村民抓了兩隻雞暫時放在木欄裡。

　　有村民建議說：「這兩隻剛好一公一母，留著吧！等以後母雞生了蛋，我們就有雞蛋吃，有小雞可以養。」

　　「對呀！不如等村落建好以後，我們就在旁邊蓋一座雞欄，讓兩隻雞跟我們一起生活。」另一村民說。

　　「好是好，雞吃什麼？再說房子都蓋滿了哪來空地養雞？」也有村民不屑地說。

　　「好了，大家別吵了，等Lono王子來了，我們再告訴他好了。」年長的村民說。

　　村民三五成群地陸陸續續而來，有的在溪流旁洗身子，有的直接到大海裡洗刷。不久，公雞突然「喔喔喔！」啼曉

起來。

「這公雞還能啼耶。」村民說。

「就說嘛，留著雞，說不定以後還有更大幫助。」村民說。

是野炊食物香，還是大夥同心齊力使食物感覺更香呢？

Pilanu看見海龍將軍和海龜將軍一早在巡視著今天的工作進度，問道：「Lono王子在哪？」

「沒看見嗎？」Papo說。

「沒有。」Pilanu搖頭說。

「讓王子多睡一會吧！王子最近也夠累的。」Papo說。

「嗯，你說得對。」Pilanu說。

香噴噴的熟食味道從空中飄來，Lono王子聞著香味驚醒，往工地一看，村民早已起身準備好飯食了，Saya公主也睜開了惺忪睡眼。

「想不到昨天的疲累並沒有累倒村民，還是如此精神充沛地早早起來。」Lono王子感嘆說。

Saya公主剛想起身，突然一陣反胃想吐，她拍拍胸口說：「希望沒事。」

「Lono王子、Saya公主吃早點了。」村民大叫說。

「想不到大夥都起得這麼早。」Lono王子看著大夥靦腆地笑一笑說。

　　圍著鍋爐吃飯的心情顯得特別愉快，在每一個人手中的木碗盛著滿滿愛心的食物。

　　「這裡有清水可以洗把臉。」Papo指著一個大木盆說。

　　「你們連這個都想到了，簡直讓我自嘆不如。」Lono王子說。

　　「王子，你讓我們大夥想起以前在小島上的生活，在那裡我們也是這樣一起工作，一起吃飯，然後各自在家做自己的活。」年長的村民說。

　　「各自幹活是什麼意思？」Lono王子問。

　　「那是說如果村裡共同的事情做完了，就拿出自己的能力織布、打獵、捕魚、種菜，然後大家就在自家門口擺出來賣或是交換需要的東西。」一位村婦說。

　　「是啊，那時大家有活幹活，沒活休息。」村民說。

　　「我希望等我們把這裡新村落建好了以後也可以恢復以前的生活。」年輕的村民說。

　　「會的，我一定會讓大家完成自己的夢想。」Lono王子說。

　　「Lono王子，大家在等你處置這兩隻雞。」Pilanu說。

　　「雞？」Lono王子感到迷惑地說。

　　「是村民早上抓到的，聽說還是一隻公一隻母，大家想把牠們留在村落，以後可以繁殖小雞。」Papo說。

　　Lono王子看著木欄裡的兩隻雞，轉身看看四周，問道：「要養在哪裡好呢？」

　　「公雞會啼曉，不如就養在村落外頭，而且也可以在村落外開墾一些地，把平常吃的野菜都種在一起，以後也不用那麼辛苦地去山坡上採了。」Saya公主說。

　　「那我想想……，還是先把竹牆搭起來、房子蓋起來再說吧，如果還需要什麼，再蓋，反正這塊沙洲地很大。」Lono王子說。

　　「是啊，先把房子蓋起來。夥伴們上工了！」村民說。

　　Lono王子看著木欄裡的雞，問：「這雞喝過水了嗎？」

　　「咦？」Papo輕答一聲。

　　「用小木瓢裝水給雞喝。」

　　Lono王子說完之後，動身和村民一起工作。Saya公主快快吃完了早飯，然後和村女們一起準備著下一餐的食物。Saya公主感覺身體有點不舒服，可是也沒那麼糟，只是胃口不大好。

　　天色漸漸明亮起來，溪流的水流過沼澤，流向大海，樹林裡的猴子爬上爬下地跳躍著，太陽也慢慢從海平面升起，普照著大地和一切生物。

72.Kunuzangan巡視新村落

　　長老和Takid帶著若干村民沿著海岸走過來，敲敲打打的聲音很快地傳到Kunuzangan的耳朵裡，他看見一群忙碌的村民，臉上的表情似乎很快樂。

　　「Takid，也許我們沒有想到的，Lono都想到了。」Kunuzangan說。

　　「其實看到村民臉上的笑容就足夠了。」Takid說。

　　「是長老，長老來了！」村民大叫說。

　　巡守隊趕緊通知Lono王子。Kunuzangan在村落巡視一下，並沒有多說什麼。

　　「Takid，我們帶來的東西呢？」長老問。

　　Takid吩咐巡守隊拿過來。

　　「這裡準備一些甜點，大夥有空拿去吃，補充一下體力。」長老說。

　　Lono王子走過來了，Kunuzanagn看著他欣慰地說「辛苦你了。」

「你怎麼來了？」Lono王子說。

「削木材、砍竹子有缺什麼工具，儘管說，我會叫人拿過來。」長老說。

「暫時還不缺。」Lono王子說。

「也有一些日子沒在一起聊聊了，等到了晚上的時候，找個時間聚聚。」長老說。

「好。」Lono王子說。

「看到大家都那麼賣力，勤奮地建造村落，讓我想起以前在小島上的日子，大夥也是像這樣不辭辛勞地努力，臉上的笑容沒有停止過。」長老說。

「因為村落是大家的，所以特別努力。」Lono王子說。

村民只想共同生活，共同擁有，共同命脈，沒有紛爭和計較，只希望村落長長久久地延續下去。

73.誤喝墮胎水

日落的天空依舊掛著各式各樣的雲彩，大海上起伏的浪紋像是鑲著金黃鑽石般閃亮，Lono王子站在海岸邊看著海浪一層一層地襲來，一個不小心被地上的岩石絆倒了，但很快地重新站穩了腳步。

Pilanu走過來，說道：「大家在等你一起吃晚餐呢。」

「所有人都準備好了？」Lono王子說。

「想到明天可以高高興興地搬進新村落住，所以大夥特別開心和興奮，準備了好多食物呢。」Pilanu說。

Lono王子看著Pilanu，臉上露出愉快的笑容。

火堆旁的木板桌上擺滿各式各樣慶祝村落完成的食物。

「Lono王子來了！」村民看見了喊叫一聲。

在場的所有人都舉手鼓掌歡迎，Lono王子立刻舉起手制止大家，說道：「這份榮耀是屬於大家的，不是我個人的。村落完成是每一個村民靠自己的雙手完成的，所以這個榮耀要還給各位，我不能獨享。」

「是你給我們榮耀。」一位年長的村民說。

「今晚各位就盡情享受這榮耀的一天。」Lon王子說。

Lono王子看見Papo就走過去詢問了一下，看著村民大口大口地喝酒吃肉，痛快地暢飲著，心裡感到很欣慰。

「海龜將軍他們快回來了吧？」Papo問。

「他們去巡視了。」Lono王子說。

Papo點頭表示了解。

Saya公主因為身體不舒服所以在屋裡休息，一個村婦端著一個木碗走進來說道：「把它喝了，感覺會好一點。」

Saya公主看著村婦說：「我吃不下任何東西。」

村婦還是強迫Saya公主把木碗裡的湯喝了。想不到，這湯一喝下肚，馬上停止了所有不舒服的感受。

Saya公主看著村婦，好奇地問：「你給我的是喝什麼？」

「安胎水。」村婦說。

「安胎水？」Saya公主驚訝地說。

「我已經觀察你好些天了，從開始建造村落到現在村落完成，Saya公主都只吃一點點食物，要不都吐掉。我想了很久，猜到Saya公主肚子裡一定是有孩子了，這是身為女人才知道的事情。海龍和海龜將軍畢竟是個男人，不會懂這些的。請Saya公主收留我在你身邊，好好照顧你。」村婦說。

「你是說我有孩子了？」Saya公主說。

「嗯。」村婦點點頭說。

「你叫什麼名字？」Saya公主說。

「他們都叫我Kuai。」

「我就叫你Kuai好了。」Saya公主說。

「Lono王子來了。」海龍將軍從屋外傳來這句話。

Saya公主和Kuai看著Lono王子走進來，一臉擔心的樣子。

「聽他們說你身體不舒服。」Lono王子說。

「現在好多了，你不用擔心。」Saya公主說。

Lono王子走近Saya公主身邊，似乎有什麼私密的話要說，Kuai和海龍將軍於是安靜地離開並關上門。

「我應該更小心的，忙著興建村落卻忘了你，想起這些個日子你也累壞了。」Lono王子說完，將Saya公主摟在懷裡。

Saya公主依偎著Lono王子說：「你這麼做是為了村民，不要因為我而失去村民對你的信賴。」

Lono王子把Saya公主摟得更緊，還深深地嘆出一口氣。

屋外的海龍將軍看著Kuai拿著木碗離開，攔住她問：「你給Saya公主喝什麼？」

「你不會懂的。」Kuai看著海龍將軍說。

「要是Saya公主有什麼意外，我會認得你。」海龍將軍說。

海龜將軍走過來，問說：「王子呢，找到公主嗎？」

海龍將軍發現Kuai趁機溜走了，說道：「這女的很可疑，多注意。」

「是嗎？只不過一個村婦而已。」海龜將軍說。

在屋內和Lono王子聊得正開心的時候，Saya公主突然感覺肚子絞痛得非常厲害，她不知道自己剛剛糊裡糊塗喝下了Kuai給的墮胎水。Lono王子抱著她急忙趕到臨時村醫所，村醫診脈之後感覺不對勁，立刻拿起一把草藥磨碎給Saya公主服下，才穩住了病情。

看著昏睡中的Saya公主，Lono王子內心焦急萬分，急切地問村醫說：「Saya公主怎麼回事？」

村醫看著Lono王子，眼神飄忽不定，似有隱情。

「你們先出去一下。」Lono王子對著村醫所的人說。

當所有人都出去後，Lono王子對村醫說：「現在可以告訴我了吧？」

「王子……」只見村醫雙腳一跪，頭低低垂著。

「不要這樣，告訴我這是怎麼回事？」Lono王子說。

「有人給Saya公主服下墮胎水。幸好王子及時把Saya公主送到這裡來，現在已保住了胎兒的命。」村醫說。

「你是說Saya公主有孩子了？有人要殺掉我的孩子？」

Lono王子連聲追問。

「是。」村醫點頭頭。

「會是誰？誰會這麼做？」Lono王子困惑地喃喃自語。

村醫跪在地上不敢起來。

「Saya公主現在情況怎麼樣了？」Lono王子又問。

「剛才服下安胎藥，睡醒就沒事了。」村醫答。

「我的孩子還在？」Lono王子驚疑地問。

「嗯。」村醫說。

Lono王子凝神看著Saya公主一會兒，轉頭對村醫說：「你起來吧，可以出去了。出去以後叫海龍、海龜將軍進來。」

「是。」村醫應答之後就離開村醫所。

Lono王子握著Saya公主的手。「不要離開我，你一定要保住我們的孩子。」Lono王子心裡這樣默唸著。

74.龍宮話別

　　昏睡中的Saya公主回到了龍宮，看著龍宮裡的影像是那樣地熟悉又陌生，海馬和海豚兩個正在宮外玩得不亦樂乎，追逐著花丑魚、大紅蝦，海星姑娘也來湊熱鬧，海螺將軍則在搶食分散的食物。Saya公主在花園裡走著，碰上了海葵姑娘。

　　海葵姑娘看見Saya公主面帶笑容地說：「龍王知道你會回來，已經等你很久了。」

　　「父王在等我？」Saya公主問。

　　海葵姑娘沒有答話，帶領著Saya公主來到龍王的寢宮，對Saya公主說：「進去吧！」

　　Saya公主推開門，看見龍王坐在椅子上，海葵姑娘把門關上。

　　「孩子，來吧！」龍王起身說著。

　　龍王看著Saya公主慢慢走向前，淚水早已布滿Saya公主的臉。龍王抱住她，用最慈祥的父愛吻著她。

　　龍王一邊將Saya公主的淚水拭去，一邊說：「你現在已經

不是龍宮的人了，你完成了海神的使命，建立了一個你自己
的王國。從現在開始，你要靠你自己的力量去帶領王國的子
民。」

「父王，我不懂你的意思。」Saya公主問。

「你身上擁有凡人的孩子，你將以凡人的生活活下去，海
龜將軍會在你生下孩子的那一刻回到屬於他的地方，海龍將軍
也會面臨死亡。」

龍王說完之後從口中吐出一顆閃亮的明珠，將這顆明珠往
Saya公主的嘴裡送，Saya公主想反抗卻抵抗不了龍王的力氣。

「孩子，你要回去好好撫養這個孩子，他將是夢幻王國延
續的命脈。」龍王說。

「父王，你說海龍將軍和海龜將軍會離我而去，是嗎？」
Saya公主問。

「你必須在凡間找到你最信任的人來保護和支持你。」龍
王說。

「父王不喜歡我了？」Saya公主說。

龍王流下淚，不敢看Saya公主。龍王輕輕將Saya公主攬在
懷裡，Saya公主聆聽龍王的心跳聲和呼吸聲，一個慈祥父親的
心跳聲。海神穿過窗門呼喚著龍王和Saya公主，龍王和Saya公
主越抱越緊。

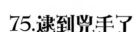

75.逮到兇手了

　　緊盯著Saya公主毫無反應的臉，Lono王子開始有些擔心，想起村醫說Saya公主已懷有自己的孩子，他伸出雙手不斷地撫摸Saya公主的肚子，自言自語地說：「孩子，你還在媽媽肚子嗎？如果有聽到爸爸說話，你要堅強活下去，別讓媽媽睡太久，孩子，聽到了嗎？」

　　Lono王子俯身靠著Saya公主的肚子，聆聽孩子的存在與否。這個時候海龜和海龍將軍走了進來。

　　「聽村醫說王子找我們。」海龜將軍問。

　　Lono王子挺直了身子，看著他們說：「查一查是誰拿墮胎水給Saya公主喝。」

　　「墮胎水？」海龍將軍驚訝地說。

　　「難道你知道是誰？」海龜將軍問。

　　海龍將軍看了海龜將軍一眼，然後說：「王子，還記得你剛走進Saya公主的屋裡時，不是有一個村婦在那裡嗎？」

　　「難道是那個村婦下的毒手？」海龜將軍問。

「不管是不是，等找到人不就知道了。」海龍將軍說。

「你們去把人給我找出來。」Lono王子說。

「是。」兩位將軍應答完，就走出去了。

Lono王子緊握著Saya公主的手，再次緊靠著她，聆聽著她的心跳。Saya公主仍然昏睡未醒。

接到Lono王子的命令，所有村婦都到集會所集合。村民從村醫那裡得知有人要害死Saya公主，害她流產，覺得太可惡了。為了Lono王子，大家齊心合力地想把人找出來，守在村落的各個角落等待兇手出現。

Kuai知道事蹟已經敗露，偷偷拿著剩下的墮胎水要到溪邊把它倒掉。Kuai很小心地拿著小木桶走出村落，卻在雞欄旁驚嚇到了那兩隻雞，突然高聲啼鳴起來。村民一聽雞叫立刻往雞欄走去，很快發現鬼鬼祟祟的Kuai。

Papo問Kuai：「這麼晚要去哪？」

「我要把這餿水倒掉。」Kuai說。

Papo叫巡守隊把Kuai手上的小木桶拿過來，Kuai起先不肯放手，一番折騰，差點打翻小木桶。

還好Papo身手快，立刻向前穩住了小木桶，喝道：「看你這麼害怕，這裡頭一定是裝著害Saya公主的墮胎水。」

「不是，不是。」Kuai連連搖頭說。

「是不是，去見Lono王子就知道了。帶走！」Papo說。

Kuai被巡守隊押著走回村落。當Papo帶著Kuai來到村民面前，Kuai低著頭不敢看大家。

「海龍將軍，你看看是不是她？」Papo抓住Kuai的頭髮，將頭往上一提說。

海龍將軍一看驚訝地大叫說：「就是她！」

Kuai顫抖地看著海龍將軍。

「是不是墮胎水，等村醫來了才知道。」Papo說。

正當大夥竊竊私語的時候，村醫來了。

Papo拿著小木桶在村醫面前一放說：「這是剛才她企圖要拿出村落外面倒掉的，請村醫檢查看看是不是墮胎水。」

村醫打開木桶，聞著味道，又用手沾了一下藥水，聞了一下，點頭說：「是墮胎水，沒錯。」

「你還有什麼話說？」Papo兇巴巴地問。

Kuai見事已無可挽回，雙腳一跪，求大家原諒她一時糊塗犯的錯。Papo讓巡守隊看守著，等Saya公主醒來的時候，再請Lono王子處分。

76.再見沙土將軍

Saya公主和Lono王子在海岸礁岩上互相撫摸著對方，Saya公主肚子挺出來了，孕味十足。

Lono王子對著Saya公主的肚子說：「孩子，你在裡面要聽話，知道嗎？」

Saya公主「唉」了一聲，Lono王子問：「怎麼了？」

「孩子好像聽到你說的話，剛才踢了一下。」Saya公主說。

「真的，我聽聽。」Lono王子立刻靠近Saya公主的肚子說。

珊瑚姑娘爬上了礁岩，展開美麗的雙翅，說：「Saya公主，海神在找你。」

珊瑚姑娘說著立刻用雙翅將Saya公主捲入海中。Lono王子站在礁岩上無助地望著大海，他沿著礁岩走著，突然看見一艘船向他開過來。Lono王子正要舉手時，礁岩不見了，留下一片沙灘在大海上載浮載沉。

　　Lono王子看見一個人形石慢慢地移動了過來，還發話道：「跟我來。」

　　百思不解的Lono王子站在原地不動。人形石看著Lono王子沒有要走的樣子，就一步一步地向Lono王子靠近，站在Lono王子面前說：「你抵抗不了我的。」

　　「你想做什麼？」Lono王子問。

　　「沙土將軍想見你。」人形石說。

　　「沙土將軍？」Lono王子滿心狐疑地說。

　　人形石降下一層煙霧將Lono王子從煙霧中帶走。人形石來到一座石宮前面，只見大大小小的石頭擺在地上，石頭各有不同的形狀，還都會擺動。

　　人形石對Lono王子說：「你在這裡等著。」

　　Lono王子左右顧盼著這些石頭人，心裡思索著。

　　人形石轉頭對著宮門前的一個石頭人說：「他就是將軍要找的人。」

　　只見那石頭人立刻擺動身體打開宮門說：「請進。」

　　人形石看著Lono王子，讓他別無選擇地走進去了。石宮裡的人都是沙土做的，「為什麼這些沙土都不會倒塌呢？」Lono王子想著。石宮正殿坐著一個人，Lono王子想：「這一定是沙土將軍。」

沙土將軍看著Lono王子，寒暄道：「我們見過，忘了嗎？」

Lono王子這才想起來，因為「黑洞事件」自己曾經見過沙土將軍。

「現在你又找我來做什麼？」Lono王子問。

「你的夢想即將實現，你要完成你的天命。」沙土將軍說。

「是嗎？」Lono王子說。

「你所要的海上王國已經建立起來了，現在要回復正常了。」沙土將軍說。

「怎麼說？」Lono王子問。

「你要把Saya公主還給海神。」沙土將軍說。

「什麼？」Lono王子有點驚訝地說。

「等你兒子出世的時候，Saya公主就會離開。」沙土將軍說。

「你要破壞我們的天倫之樂？」Lono王子問。

「Saya公主可以留在你身邊，不過你要拿出你的心交換，願意嗎？」沙土將軍說。

「什麼？」Lono王子質疑地說。

「你要戰勝一個即將到來的劫難，若是你通過考驗了，Saya公主就是你的了。」沙土將軍說。

「你說的是我的孩子？」Lono王子問。

「不，不是。」沙土將軍說。

Lono王子看著沙土將軍不發一語。

「回去吧！用你的智慧戰勝你的劫難，就像你用毅力建立了新村落一樣。」沙土將軍說。

「你知道我在建造新的村落？」Lono王子好奇地問。

沙土將軍舉起手，兩旁的怪石頭變成了人形石，慢慢地向Lono王子靠近。沙土將軍大力一揮，Lono王子不見了。

海葵姑娘帶來了海神的訊息，說：「你要永遠成為王國的人。」

「海葵姑娘，父王他說的事是真的嗎？」Saya公主問。

海葵姑娘面有難色，猶豫地答說：「要讓海上夢幻王國永遠在這裡傳下去，就必須有所犧牲。」

「父王。」Saya公主低聲喊著。

「去找Lono王子吧！不要辜負龍王期待的王國繼承人。Lono王子將有一場劫難，這是考驗的開始。」海葵姑娘說。

Saya公主靜靜地沒有說話，海葵姑娘已經將珊瑚姑娘請

到門口。

　　海葵姑娘下令說：「送Saya公主回去。」

　　珊瑚姑娘將她的雙翅摟著Saya公主飛出去了。

77.開始遷村

　　村民陸陸續續地整理家當，準備搬到新村落去居住，能留下來的村民都留下來了。Papo帶了一封Lono王子的信函來找Avango，竹簡函中表示希望Avango能多派一些巡守隊人手協助村民遷村。在Avango心中總是掛念著Lono，因為Lono總是以村民的安全為第一。

　　「Papo，Lono還好吧？」Avango問。

　　Papo把Saya公主的事告訴了Avango，Avango感到十分震驚訝，問：「真有這麼一回事？」

　　Papo點點頭。要不是Abas即將臨盆，Avango真想去看看Lono。

　　「Papo，我會召集一些人手給你帶著保護村民，請你多費心了。」Avango承諾。

　　另外，Pilanu也帶了一封竹簡函給Zawai。Piyan剛生下一個小寶寶，初為人父的喜悅都在Zawai臉上寫著。Zawai詢問了一下Lono最近的情況，Pilanu也把Saya公主的狀況告訴了

Zawai。

「Lono一定很難過，如果是我一定無法承受這個打擊。」
Zawai說。

「不過，腹中的胎兒算是平安地穩住了，也是不幸中的大
幸。」Piyan說。

「現在就等Saya公主能醒來好好地照顧胎兒。」Pilanu說。

「Pilanu，我會帶著幾個巡守隊跟你一起去保護村民遷
村。」Zawai說。

「這樣好嗎？你走了，Piyan誰來照顧？」Pilanu說。

「放心，我身體已經恢復得差不多了，Zawai又不是不回
來，去個兩天不礙事的。」Piyan說。

市集交換著生活的心得，有的村民說：「要是新村落能繁
榮發展的話一定會回來發展舊村落的。」

「兩個村落相互交流是很好的。」

「可是要走水路，爬山涉溪是一番折騰。」

村民的擔心事何嘗不是Lono王子心裡所擔心的呢？他一個
人守著Saya公主好些天了，儘管村落裡大家忙裡忙外的，熱鬧
嘈雜的聲音不斷傳入他耳中，卻仍然無法讓他放下心離開Saya
公主。

Zawai來到新村落就直接找Lono王子。

「Zawai來了。」海龍將軍傳話說。

Lono王子看著走進屋內的Zawai，點頭當作招呼。

「真的很遺憾，Saya公主……」Zawai說。

「村民都就定位了。」Lono王子說。

「你現在還擔心村民？」Zawai說。

「是我要建新村落的，其實失去一個孩子不算什麼，Saya公主還可以再擁有我的孩子。村民就不一樣了，失去村民，村落算什麼？」Lono王子說。

這句話被幾個剛好經過屋外的村民無意間聽見了，他們都很感動。於是，大夥在新村落的集會所開會，想要給Lono王子一個驚喜。

78.為婚禮做準備

　　村落裡舢舨船的出海捕撈活動比過去更熱絡繁榮了，許多村民家中也添了新寶貝，生活更有衝勁，除了和過去一樣在山坡上打獵、拾野菜，又多了一分新任務，那就是在村落裡開墾自家的田地，養著從山上捉來的山豬、山雞。此外，村落也多了一項交易活動，兩村之間，快一點一個太陽的路腳程，慢一點一個太陽加一個月亮的腳程，經過了兩個太陽就是要另外在一個村落歇著。

　　Kunuzangan和Takid在海岸邊的大岩石上坐著閒聊。

　　「新村落都準備好了？」Kunuzangan問。

　　「嗯，村民也都適應得很好，感覺上生活範圍變大了，不再局限於Tamayan村、Hi-Fumashu村，沿路都可採集不少生活必需品，村民變得開朗許多。」Takid答。

　　「這麼說來Lono的判斷是正確的。新村落取名字了沒有？」Kunuzangan問。

　　「還沒有，村民在等Lono取新村落的名字。」Takid答。

「都好些天了，怎麼沒發佈，是不是Lono出了什麼事？」Kunuzangan問。

「據說之前有一位長老夫人的侍從村婦得知Saya公主有孕了，拿了墮胎水給Saya公主喝，差點害Saya公主失去孩子，Lono也因此看護著Saya公主，沒離開過。」Takid答。

「有這等事，怎麼沒告訴我？」Kunuzangan看著Takid問。

「不過村民打算在新村落為Lono和Saya公主舉行婚禮祝賀他們，現在正籌畫著，到時Zawai、Avango也會參加。」Takid迴避Kunuzangan的問話說著。

「那我也該準備了。」Kunzangan語氣淡然地說出這句話。

海上吹來一陣又一陣的風，海面上的浪紋掩蓋了海面下的危機。現在終於有了自己的王國領土，在這裡的生活十分安穩，不再像過去那樣，所住的小島載浮載沉，四面盡是茫茫大海，隨時都擔心著村落會因為一個海浪颶風而淹滅。

Zawai在市集裡逛著，Avango看見了他，問道：「在找什麼？」

「為Lono準備禮物。」Zawai答。

「這次村民可真是大手筆。」Avango說。

「Lono一向把村民擺第一，連自己的事都無法顧到。身為好朋友也是村民之一的我，也要替他多想想。」Zawai說。

「說得好，你們做的都比我這個兄長的還要多，我真慚愧。」Avango說。

「別這麼說，說到Lono，你接到他的竹簡了嗎？」Zawai說。

「接到了，他說會到三村的集會所和我們商量一些事。」Avango說。

「這回又不知有什麼新計畫？」Zawai說。

村民來來去去地忙碌著，每個人的臉上喜孜孜地滿是笑容。

Kunuzangan找到了Kuai對她說：「你做了對不起村落的事，要我怎麼處罰你？」

Kuai低著頭，向長老誠實認罪，獨自一人守在海邊三天三夜。

79.新郎和新娘打扮好了

　　站在高架台上向下張望，Lono王子問巡守隊說：「最近有什麼事嗎？」

　　「沒有。」巡守隊說。

　　遠遠望著遼闊的大海，平坦的沙灘依傍著高山峻嶺。當Lono王子從高架台下來，Pilanu託人送話過來說Saya公主醒了，Lono露出許久未見的笑容，立刻快步走回屋子。正當Lono王子走到村落大門時，Zawai和Avango攔下了他。

　　「你要先跟我去一個地方。」Zawai說。

　　「不要鬧了，我要去找Saya公主。」Lono王子說。

　　「這麼猴急地想見心愛的人，連村落也不管了？放心好了，有Abas和Piyan兩人在照顧著，Saya公主不會有事的。」Avango揶揄地說。

　　「Abas和Piyan也來了？」Lono王子問，心裡納悶著。

　　「是啊，你看村民正忙得不亦樂乎呢。」Zawai說。

　　「今天是怎麼回事？」Lono王子不解地說。

「你先跟我去一個地方，再慢慢告訴你。」Zawai說。

Zawai和Avango將Lono帶進一間房子，Papo和Pilanu已經將準備好的勇士戰袍放在桌上。

Lono看見戰袍，忍不住撫摸了一下，說：「這不是戰袍嗎？」

「Papo，幫他穿上。」Zawai說。

在Papo和Pilanu的強迫下，Lono王子終於穿上了村民為他精心準備的衣服。

「這件衣裳可是村落女人日夜輪流織起來的，你不穿怎麼展現愛護村民的心？」Avango說。

「是啊，大夥為了這一天，忙得可樂的。」Papo說。

「你們在說什麼？我怎麼一點也聽不懂。」Lono王子說。

「別緊張，待會你就知道了。」Zawai說。

另一邊，Saya公主也穿上Abas為她準備的衣服。

「瞧你的，病了好些天了，人也都瘦得沒啥精神。」Abas說。

「所以要梳妝一下嘛！」Piyan說。

Abas讓一名村婦為她更衣。

「不知道Zawai那邊準備好了沒？」Piyan說。

有一名少女走進來報告說Lono王子來了。

「快，動作快！」Piyan說。

Saya公主經過梳妝之後，整個人變美了，有精神了，在場的人都驚訝得說不出話來。

「真的好漂亮。」Abas看著Saya公主說。

Saya公主莫名其妙地看著大夥又看看自己，問：「你們怎麼了？」

「來了，來了！」少女說。

Zawai和Avango帶著Lono王子走進來，Lono王子看著Saya公主的裝扮，簡直就像新娘子一樣美得不得了。

「Saya公主你好漂亮，看起來就像新娘子。」Lono王子忍不住讚美道。

「是啊，Lono，今天Saya公主就是你的新娘子，還不快牽著你的新娘子出去，大家都在等著呢。」Piyan說。

Lono王子和Saya公主傻愣愣地看著在場的所有人，大家臉上都帶著神祕的笑容，彷彿彼此正分享著天大的祕密。

80.Kunuzangan卸下領導重擔

　　在眾所矚目之下，Lono王子牽著Saya公主的手離開屋子，喜悅的臉洋溢著幸福的笑容。兩人走出屋外看見村民早已排成兩排，村民將採集回來的鮮花裝在籃子裡然後往Lono王子和Saya公主身上灑下，花瓣片片飄落片片情。從來沒有想到自己也會這麼幸福地受人祝賀著，Saya公主瞄了Lono王子一眼，肚子裡的孩子真的是給Saya公主帶來幸福啊！村民灑完花瓣，倒酒祝賀。

　　Lono王子告訴所有村民說：「謝謝大家為我辦的這場婚禮，同時也慶祝住新村落的啟用，這份喜悅將是所有村民共享的，包括Hi-Fumashu村、Baagu村和Tamayan村，希望往後各村落之間互動更多，合作更多，為我們海上王國的子孫更加努力，好永續生存下去。」

　　Lono王子舉起陶碗和村民一起乾杯暢飲。巡守隊來報，長老和Takid來了，Lono王子和Saya公主立刻向前迎接。Kunuzangan和Takid看見Lono，也看到Zawai和Avango，

當Kunuzangan向大家宣布從此各村落的領導人變成了Lono王子時，Kunuzangan的重擔也卸下了。但Lono王子卻懇求Kunuzangan不要辭去長老職務，繼續帶領村民。

Kunuzangan說：「你實際上做到讓村落安定下來了，你有資格。」

「父親！」Lono滿心感動地喊道。

「聽到你叫我一聲父親，我覺得很滿足了。」Kunuzangan說。

Kunuzangan走向Avango說：「今後你要全力協助Lono，讓村落更強盛繁榮。」

「我會的。」Avango說。

「那我也沒什麼好遺憾的了。」Kunuzangan說。

「請父親為新村落命名吧。」Lono王子說。

Kunuzangan沉思默想一會兒，大聲宣布說：「新村落就叫做Torobuan村，世代久久遠遠。」

Kunuzangan長老的話才說完，人人高聲歡呼，一時之間掀起熾熱的歡愉氣氛。大家盡情地飲酒高歌，吹笛，舞動起來。Saya公主突然感到頭暈，Lono王子很擔心，趕忙扶著她坐在一旁。

Piyan拿了些食物過來，說：「吃點東西才有體力。」

Saya公主才接過盤中食物，Lono王子又被Zawai、

Avango、Papo、Pilanu等人拉到一旁喝酒去了。Lono王子目光
不由自主地老是掃向Saya公主，Saya公主也時不時地偷偷看著
他。Kunuzangan和Takid兩人因為很久沒那麼高興過，多喝了
幾杯，踉蹌地走到了村落外的沙灘邊，坐在大岩石上吹海風，
聽浪潮。突然一陣怪浪掀起撲上岸來，Takid心想不妙，起身
要回村子裡，Kunuzangan卻迷迷糊糊地撞到了大岩石，哀叫了
一聲。Takid發現不對勁，立刻大叫巡守隊，巡守隊卻忙著慶
賀沒空理會。

　　Takid萬分焦急，Kunuzangan卻安慰他說：「沒事，沒
事。」

　　Takid看著Kunuzangan說：「不要嚇我。」

　　「什麼時候膽子變小了？」Kunuzangan說。

　　Takid和Kunuzangan互看了一眼，然後笑了。

81.Avango的領悟

　　順著河流，順著矮木林，到處可以看見村民們忙忙碌碌地
為生活打拚著。山坡上的野花反映著太陽的光芒，千紅萬紫看
不盡，五彩繽紛的色彩倒映在河流哩，連河流也風情萬種起來
了。天空的雲彩，泛紅、泛白、泛紫、泛黃，變化萬端，美麗
的色彩從海面上順著浪紋沿著沙灘倒映在河床上。草澤地充
滿生機，跳躍的靈魂有青蛙和蚱蜢等各種昆蟲及游來游去的魚
和蝦。

　　Avango站在山丘的荒草坡上看著海邊礁岩，看著沙灘，舢
舨船順著海水來到岸邊，村民將捕撈的魚一簍一簍地裝起來，
在市集裡交換著彼此的辛勞。

　　「原來你在這？」Zawai突然出現在Avango身邊說。

　　Avango回頭看他一眼，問：「有什麼事嗎？」

　　「看你最近很認真地巡視村落，是不是已經懂得要怎麼樣
保護村落了？」Zawai說。

　　「守護村落和家園是每個海上民族人民的責任。」

Avango說。

「咦？」Zawai輕嘆地說。

「Lono王子曾經告訴我他並不想自立為王，不想成為領導人，他只想擁有一個家，保護家園，守護村落，給村民和自己心愛的人的安穩的保障才是最重要的。我想了很久，Lono王子說得對，家園沒了，村落也將消失，村民也會消失。」Avango說。

「想不到這段日子你改變不少。」Zawai說。

「對了，Lono什麼時候回到Hi-Fumashu村？難道他打算一直住在Torobuan村嗎？」Avango問。

「看樣子，好像要長期住在那兒，因為他已經叫Papo搬回Baagu村了。」Zawai說。

「什麼？Papo搬回Baagu村，那Lono真的要留在Torobuan村了。Papo一定知道什麼原因，要不我們去問Papo？」Avango說。

「好吧，現在就去。」Zawai說。

Avango和Zawai兩個人離開海岸邊往村裡的方向走去，沿路都可以看見村民的足跡，被踩過的樹叢，被攀過的樹枝，被灑過水的花草，地上留下不少野獸的爪痕，空中還飄浮著野獸的咆嘯聲，迴盪在山坡草林裡。

82.Lono王子留在Torobuan村

Papo一個人在市集裡拎著一串用草葉包的薯餅，心情愉快地走著，他停下腳步說：「好久沒吃到了，今天要好好享受。」

Papo沒注意到身後的Avango和Zawai兩人，買完東西就高高興興地回家了。Avango本來想要上前攔住他的，卻被Zawai擋了下來。

「跟過去瞧瞧吧。」Zawai說。

一進家門，Papo迫不及待地打開草葉，熱騰騰的薯餅立刻滿足了他的食慾。Papo吃完覺得口渴想起身找水喝時，卻聽見門外有聲音，他立刻警覺地將門打開。

「Zawai、Avango，是你們？」Papo驚呼道。

「你這樣開門太危險了，不怕有人要殺害你嗎？」Zawai開玩笑說。

「哈！現在太平盛世，哪有人會殺人？」Papo大笑說。

「什麼？」Zawai說。

「大夥都豐衣足食的，生活安定，不要淨想些不好的。」Papo說。

「那你告訴我為什麼只有你回來Baagu村，Lono呢？不回來了嗎？」Avango問。

Papo收起笑臉，退了幾步，背對著迴避Zawai和Avango兩個人的眼睛，不回答。

「說不出來喔！」Avango繼續盯著Papo說。

「我會回來也是因為Lono王子讓我回到這裡的。」Papo轉身面對Avango說。

「Lono叫你回來，而他自己卻留在那裡，不願意跟你一起回來，難道說他真的打算在新村落長期住下來？」Zawai看著Papo和Avango說。

「沒錯。」Papo說。

「難道Lono不想回來領導Tamayan和Hi-Fumashu村，不照顧這裡的村民了嗎？」Avango問。

「聽Lono王子的意思應該是這樣沒錯。不過，他又說只有這樣才能真正照顧到村落，守護家園。」Papo說。

「什麼？」Zawai驚訝地說。

「放心啦！過不了多久Lono王子會親自來找你們的。」PaPo攤開雙手說。

「那現在Lono在做什麼？」Zawai又問。

「不知道，只知道他每天都去海邊。」Papo答。

「海邊？那為什麼我去海邊沒看見他？」Zawai問。

「你們走錯方向了，要往南方村落的海邊那個方向才能看到他。」Papo答。

「就是新建的Torobuan村的海邊嗎？」Avango也問。

「是啊，不過不能從大海方向去，要從山坡下的沼澤到沙灘去才可以看見Lono王子。」Papo答。

「他去那兒做什麼？」Zawai問。

「我也不是很清楚。Lono王子還叫巡守隊拿著麻繩綁在他身上，然後他就走進水裡去了。等到他身體往下沉，就叫巡守隊把他拉起來。唉，有好幾次風浪太大，還差點拉不起來，最後是靠著村民的舢舨船才拉上岸的。」Papo說。

「這麼危險的事，他怎麼可以一個人去做？」Avango擔心地說。

「Avango，走，我們也去沙灘那邊看看。」

Zawai說完，就走出屋外，往沙灘方向走去。Avango也跟著過去，Papo本來想休息一會的，這下沒得休息了。

83.海灘上竹竿林立

　　村民的舢舨船，三三五五地在海面上來回飄盪著。因為隔著沙灘的地方風浪比較平靜，村民管它叫內海；船隻順著內海海水出去，就叫做外海。在內海範圍，散布著幾處沙灘，有數道山溪匯流，幾次大雨過後溪水浩蕩，夾帶著巨石細沙滾滾而下，內海也漸漸淤積起來。也因此，舢舨船在這些河流口常常可以捕撈到多到吃不完的魚蝦、貝類。

　　Zawai和Avango兩個人來到沙灘，沿著海岸礁岩走，只見村民的舢舨船不停地忙碌著，沙灘的招潮蟹、大腳蟹、紅臉蟹和各種各樣的螺貝正盡情地吸食著海水沖刷上來的養份，巡守隊從沙灘走到山坡，又從山坡走到沙灘，來來回回認真地巡邏著。

　　「我是不是也該弄條船巡視一下周邊的海灘？」Aavango說。

　　「嗯，那就和村民租條船吧！」Zawai說。

　　船隻沿著沙灘走，兩邊的風景簡直美極了，一邊是山坡峻嶺，一邊是平坦沙丘，溪水淙淙流不斷，灌木林裡雜花生樹，像繁星一樣點綴著山坡，從海上飛來的鷗鳥佇立在沙灘上覓

食，山林裡的鴉雀也不停地叫著，蝴蝶飛來繞去，還有不知名的飛蛾也來湊熱鬧，山頂上雲霧繚繞，彷彿神仙夢境。

舢舨船划繼續動著，Avango突然留意到一個奇怪景象，心裡納悶著：「為什麼海灘上插了許多竹竿？」

「Zawai，你看見沒有？」Avango驚奇地說。

「你是說那些竹竿嗎？」Zawai說。

「是啊！我去問問村民好了。」Avango說。

村民告訴Avango說：「這是Lono王子要我們插上的，不只是Baagu村這邊，連沙丘上的Torobuan村那邊的海灘也有呢。」

「Lono王子有說做什麼用嗎？」Zawai問。

「這倒沒說，不過他現在到海口那邊去了，你可以划船過去問問。」村民答。

Zawai和Avango向村民道謝後繼續航行。

「我們要不要去Torobuan村看看？」Avango問。

「去Torobuan村？剛才村民不是說Lono往外海方向去了嗎？」Zawai說。

「好吧，我們就去外海吧！」Avango說。

越接近海口風勢越大，不過這樣大小的風浪村民還是敢於出海的，只見順著海流的兩岸沙灘上布滿了村民們的足跡。

84.孤獨身影

　　Lono王子站在海岸岩石上望著大海，層層波浪夾著白色浪花滾滾而來，空氣中瀰漫著一股海洋氣息。天空裡散開的雲朵緩緩飄動著，誰也無法預測海神將帶來什麼樣的啟示，天神又給了Lono王子什麼樣的任務。

　　Lono王子看見Zawai和Avango兩個人下了船走過來，神情有些吃驚。

　　「什麼事讓你一個人孤獨地站在這裡也不找我們呢？」Zawai看著Lono王子開玩笑說。

　　Lono王子看著Zawai，笑了一下，說：「這大海真漂亮。」

　　「不會單單為了看大海而來的吧？」Avango說。

　　「我正想要去找你們，既然你們都來了，今晚就在Torobuan村過夜，讓我慢慢告訴你們吧。」Lono王子說。

　　「好呀！大家很久沒在一起喝兩杯了，今晚我們三個人一起喝個痛快！」Zawai開心地說。

「我贊成。」Avango附和地說。

三個人就這樣說說笑笑地離開了海灘回到村落去了。

不知何時，天空開始飄下雨絲，讓沙灘上的小蟲慌慌張張躲了起來。雨勢漸大，山坡上的溪流從細流變成巨流，矮木林中的野獸開始竄逃，內海的海水也滔滔不絕流向了大海。

85.在兩村之間搭橋

　　Saya公主準備了一些食物和米酒招待Zawai及Avango，今晚Lono和Zawai又要徹夜長談了。海龜將軍、海龍將軍奉命守在屋外，保護Saya公主的安全。這一夜風雨可真猛烈，村民很怕洪流淹沒了家園，Lono王子一整夜坐立不安，無法專心地和Zawai及Avango商量事情。村裡的巡守隊甚至冒著風雨到村落外巡視了一下，高架台上的巡守隊員居高臨下，看著大海上的風雨越來越大，山坡上的土石隨著溪流而下，舢舨船有的被淹沒、沖毀，湍急的溪水注入內海中，村民根本無法航行。海水這般湍急，要如何協助村民迅速地從沙灘平安回到村落避風雨呢？

　　「看來今晚風雨不會停了。」Zawai說。

　　「也很久沒下雨了。」Avango說。

　　「是啊，下點雨，山坡上的樹木才有結果子的機會。」Lono說。

　　「幸好，這Torobuan村是建在這麼高的沙丘上，四周有礁岩擋著。要是建在平坦的沙灘上，肯定被淹沒了。」Zawai說。

「Lono，你在海灘插上竹子是什麼用意？」Avango問。

「量海水高度。」Lono王子答。

「量海水高度？」Zawai有點迷惑地說。

「我想在淺灘上建一座跨越海灘的橋，這樣村民就可以不用舢舨船直接渡海了。」Lono王子答。

「跨海橋嗎？」Zawai問。

「嗯，我想在沙灘和沙灘之間最近的距離搭一座木橋，這需要建造橋墩，因此很需要兩位的幫忙。」Lono王子說。

「我們能幫什麼忙？」Avango問。

「動員村民和巡守隊砍樹刨木建竹筏，還有需要粗麻繩來綁住橋墩。」Lono王子說。

「這簡單，只要貼個告示，告訴村民建橋有利於村落相通往來，相信村民一定願意幫忙的。」Zawai說。

「這座橋一旦建立起來，從沙灘到山坡地、矮木林、沼澤地就方便多了。」Avango說。

「村民也不用將獵物和漁貨搬上船又搬下船，只需幾個人力車搬就夠了。」Zawai說。

「你想的跟我一樣。所以橋面要做得又平又穩，還需要有造船經驗和建房子的木工村民來幫忙。」Lono王子說。

「這麼好的建議，相信村民一定會挺身而出，出錢出力

的。」Zawai說。

「除了跨海橋以外，我還想在溪流上游建一座橋，舢舨船在湍急的河水無法划行，村民上山打獵必須繞到海岸，如果有座橋就不用繞這麼遠的路了。」Lono王子說。

「溪流上建橋？」Zawai說。

「是啊，在溪谷兩邊有平坦的地形可以讓村落人口越來越多的時候另建新村落，在溪流上建一座橋跨越兩邊，這樣海上民族Pursoram人就可以世世代代在這裡生根，不再漂泊流浪於海上了。」Lono王子看著山坡上的矮木林和海灘說。

Lono王子仰望了天空許久，轉頭看了看Avango和Zawai兩個人，三個人都露出了愉悅的笑容。經過了一夜折騰，雨終於停了，山坡上一道彩虹橫跨在溪谷兩端。

Avango驚嘆地說：「這不是和Lono想的橋一樣嗎？」

Zawai和Lono聽完都笑了。海面上的浪紋反射著天空裡的彩虹，村民愉悅的笑容像彩虹般燦爛，舢舨船又浮盪在海面上。Saya公主走過來，Zawai發現了，向Lono使個眼色。

「你們談了一夜，不會累嗎？回屋子歇著，吃點東西。」Saya公主說。

說也奇怪，Saya公主這一番話倒是提醒了三個人的肚子，竟不約而同「咕嚕咕嚕」地響了起來。

86.奮勇救人卻失蹤

　　桌上擺滿了獸皮，上面畫得密密麻麻的，Avango坐在桌前看著，思考著如何運作，製作這些橋面。Abas走進來，看見Avango正在發呆，又看見桌上的獸皮地圖，問道：「這就是Lono給你的？」

　　Avango點點頭，沒有說話。

　　「Zawai打算怎麼跟你合作？」Abas又問。

　　「Zawai也有一張一樣的圖，編麻繩、造橋面就是我和他的責任，Lono負責造橋墩。」Avango答。

　　「橋墩很重要，即使橋面做好了，橋墩不牢靠，一樣有危險。」Abas說。

　　「對了，我不是要你叫村裡的女人去矮木林尋找樹膠嗎，找到了沒有？」Avango問。

　　「找到了，巡守隊已經把樹膠扛到村落去了。」Abas答。

　　「我得去看看橋面做得如何。」

　　Avango說完，就走出屋子。Abas也跟著走出去。

當Avango來到市集，發現村民們都往村落外的一處沙灘高地集會去了。他也隨著人群腳步來到了高地，看見地上到處堆著木片、竹片，村民正用刀子賣力削著，還有麻繩正在竹子上綑著。

有村民邊做邊說：「很久沒有坐竹筏了。」

「是啊，記得以前船隻都是自己做的。」

「這不是在做船，而是在做橋，是要擺在河流上的橋給大家走的。」

「就說嘛，這橋要做得比船還要堅固才行，不然這樣走來走去又曬太陽又淋雨的，不能馬虎。」

村民一句來一句去的，Avango從中感受到村民充沛的活動力。Zawai此刻正拿著樹膠填補竹排上的縫隙，補了一回又一回，又拉一拉試試牢固與否。Kunuzangan看見村民們如此勤快，也開始不服老，老當益壯地扛起木頭。

「要幫忙嗎？」Takid說。

「你是嫌我老了？」

Kunuzangan話才說完一個踉蹌差點跌倒，Takid向前扶了一把，說：「不是嫌你老，老骨頭太久沒動了，還是別硬撐。」

Kunuzangan放下肩上的木頭，又看著堆得滿地的木頭，

說：「真虧Lono想出建村的主意，現在又要建橋，這樣村民以後往來就沒什麼阻礙了，又可以自由進出過河了。」

「我還聽Zawai說，Lono告訴他，將來村落人口變多了還可以在河谷下的平坦地方建房子，另外建立新村落。」Takid說。

「那就是擴村了。連這個都想得到，Lono想得真遠，不愧是一個好的領導人。」Kunuzangan欣慰地說。

說二人正興奮地談論著村落的偉大工程，天空卻不作美，開始下起雨來了。不久，從海上竟颳起一陣大風，還吹襲到了山上。

「起風了。」Avango說。

「樹膠千萬不能沾到水啊！」

Zawai一邊喊著，一邊趕忙用一個大草葉蓋住樹膠木桶，又讓巡守隊先搬回木屋裡。

「這雨一時半刻不會停，叫大家先收拾一下，回家避避風雨。」Zawai說。

這時，突然接到報告說有村民困在淺海中，Zawai和Avango趕緊往海灘去，果然看見一位村民的舢舨船因海水灌進沙洲而動彈不得。

「拿繩索來。」Zawai說。

Zawai將繩索的一端交給Avango，一端綁住自己，吩咐

道：「等我抓住落水的村民之後，你就叫大家用力拉。」

「知道了。」Avango說。

其實，這種救溺的方法也是Lono教的。當初在海上漂流的時候，如果船碰上礁岸，有村民不慎落海或跌入流沙中，Lono也是親自用這樣的方法救人。

此刻，海水隨著風浪湧灌得又猛又急，雨勢也越來越大，加上從溪流流入海灘的洶湧河水，情況真的十分危險。Zawai的手已經抓住了困在海灘的村民，卻無力游回岸。

Avango一邊努力地拉繩索，一邊打氣說：「Zawai，加油！大家快點用力拉！」

此時Pilanu從對岸看見了這情形，趕緊吩咐巡守隊通知Lono王子，他自己則划起竹筏準備救人。

對岸村民看見了，高聲警告說：「這樣太危險了！」

只見一陣猛浪將Zawai和被困的村民往海口處漂去，眾人在岸上跟著走，一邊緊緊拉住繩索，Pilanu的竹筏也被浪沖回到岸邊，此時Lono王子正好也來到了。

「Lono王子，人都往大海方向漂去了，怎麼辦？」Pilanu說。

「海龍將軍、海龜將軍你們幫我划竹筏，我要下去。」Lono王子說。

「咦？」Pilanu發出一聲驚詫。

Lono王子將繩索拿到竹筏上，一端綁著自己，然後下令出發救人。只見竹筏隨著波浪亂漂沒個穩，叫人心裡乾著急。所幸，費盡千辛萬苦，終於划到了Zawai附近。

「先救村民。」Zawai說。

「讓村民抓住竹筏爬上來，我拋下繩索，你就把這兩條繩索打個死結，抓牢。」Lono王子說。

「這樣Zawai會很危險！」海龜將軍提醒說。

奔向海口的河水因為雨水之故更加洶湧湍急了，使得Zawai想接住Lono王子的繩索有些困難，Lono王子一連拋了三次才被Zawai接到了。

「Lono王子在做什麼？竹筏快要翻傾了！」村民喊說。

「Lono，小心你的竹筏要傾倒了！」Avango大叫說。

Lono王子要海龜將軍抓住他，又吩咐說：「Avango，拉繩。」

當Avango拉繩的時候，Zawai因為體力透支的關係，脫離了繩索，往大海漂去。村民看見情況危急，立刻高聲大叫。

此時，海龍將軍費力地划著竹筏，Lono王子把身上的繩索丟給海龜將軍，又一次吩咐道：「Avango，再拉繩！海龜、海龍將軍，你們把村民先帶上岸。」

　　Lono王子說完就縱身一跳，跳入水中往Zawai方向游去。海龜將軍雖然很擔心，可還是照Lono王子的話，先救村民。Avango和村民努力地把竹筏拉上岸，海龍將軍準備靠岸著地，這時突然掀起一個巨大水柱將竹筏高高頂起，海龍和海龜將軍及村民都被水柱拋上岸去。一會兒，巨大水柱瓦解平息了，卻見Zawai也被水柱沖上了岸邊，獨不見Lono王子的蹤跡。眾人又重新擔起別的心，分頭尋找Lono王子，四處高喊著他的名字。

87.傷心的村婦

　　雨勢不停歇，海水又暴漲，Avango要大家先回村落。

　　看著對岸沙灘站著的Pilanu，Avango大聲喊他：「Pilanu，你先回村落，照顧好Saya公主，先不要告訴她Lono王子失蹤的事，等明天雨停了再說。」

　　「知道了。」Pilanu說。

　　看著Pilanu走回村落，海龍和海龜將軍也急著想回去村落。

　　「你們不能回去，否則Plianu要怎麼向Saya公主解釋Lono王子的事？」Avango說。

　　「我們必須回去保護Saya公主。」海龍將軍說。

　　「現在雨勢這麼大，怎麼過去？如果Saya公主問你Lono王子的事又要怎麼說？」Avango說。

　　海龍將軍和海龜將軍猶豫不決，沒有答話。

　　Zawai對兩人解釋說：「Avango的意思是你們必須留在Baagu村或Hi-Fumashu村，這樣Pilanu的話才有可能瞞過今天晚上。」

海龍和海龜將軍聽完Zawai的話，沒有再堅持。就這樣，其他人冒著大雨回到了村落。

集會所裡的長老Kunuzangan得知Lono被大水柱沖走後，獨自冒著大雨來到海岸邊，在靠出海口的沙灘處看見一個人躺在那裡，Kunuzangan立刻跑過去，將人翻過身來查看。結果，有些失望，這人並不是Lono，而是一個溺水村民的遺體。Kunuzangan將他抱起往村裡走，途中看見一個婦人跪在沙灘上哭嚎，旁邊站著四五個人一直安慰她。

Kunuzangan抱著遺體腳步顛躓地走過來，問道：「發生什麼事？」

「長老，這婦人說她老公到現在都沒回家。」村民報告說。

Kunuzangan將自己手上的遺體放到婦人跟前，問道：「是不是他？」

那婦人定睛一看，立刻撲向前大哭了起來，在場的人也都同感傷心。

婦人邊哭邊說：「你就這麼走了，我跟孩子怎麼辦？」

Kunuzangan看著婦人，心裡也難過了起來，他蹲了下來安慰她說：「你放心，孩子的事，我會吩咐人照顧的，你老公的身後事我會替你想辦法。」

村婦看著他說：「我要靠自己幹活過生活。」

「好，你想做什麼呢？」Kunuzangan問。

「給我一些捕魚的工具。」村婦說。

「捕魚？在海上捕魚？」有個村民忍不住驚呼。

「你可以在沙灘上撿貝殼、小蝦和螃蟹，捕魚的事就交給其他人好了。」Kunuzangan說。

「是啊，你放心，天氣好一點後，我要是出海捕了很多大魚回來一定會拿給你的。」另一個村民說。

「是啊，孩子照顧好，大家都會幫助你，村落才會有保障。」Kunuzangan說。

這名村婦突然站起來往前走，看著海浪重新鋪平了沙灘而又退去，淺淺的水紋下清晰可見白色潔淨的砂粒。

「在這裡，我的老公跟我說，Lono王子曾給他一種捕魚的工具，可以從山上沼澤抓些蟲子放進去，然後放在水裡等，等魚過來吃蟲子，到時再將捕魚工具收起，裡面就會有漁獲了。唉，我老公就是跟著那捕魚工具被大水沖走了。」村婦說。

當眾人感到迷惑的時候，突然有人恍然大悟說：「原來那一陣子你老公不出海捕魚就有那麼多漁獲的原因就是這個啊。」

「是啊，有一次他駕著舢舨船要跟大家一起出去，剛好碰到了Lono王子，他跟Lono王子說這一出海快則十來天，慢

則一兩天，孩子還小又不能天天陪著他，一家人總要吃飯過日子。他說如果有一種捕魚工具能夠捕到魚又可以天天回家，不知有多好！沒多久老公又碰上了Lono王子把那個天天可以回家的捕魚工具給他，就這樣他坐在船上用那個捕魚工具，每天都會帶一兩條魚回家。雖然不多，但是他每天都可以看到孩子，這樣就很滿足了。那一陣子我就去山坡上採一些野菜回來配著魚吃，我過得好幸福！現在卻再也沒有了，嗚嗚嗚⋯⋯」村婦說著這一串話，臉上的表情由幸福變成哀傷起來。

Kunuzangan看著她，說不出話來，因為現在連Lono王子也隨著大水柱消失不見了。

Kunuzangan壓抑自己的悲傷心情，先安撫大家說：「現在雨下不停，天色又暗，不如大家先回家去，其他的事以後再說。」

村民漸漸散去，Kunuzangan獨自站在沙灘上，淋著大雨，看著海，看著天空，心裡忖度：「這是海上民族的宿命嗎？」一道閃電劃破了天空，一聲雷響激起了浪紋，這是神明給他的回答嗎？

88.三見沙土將軍

　　一群人正在忙忙碌碌地搬運沙土，在一座土牆邊，有不少沙土蓋起來的房子、柱子、圍牆，看起來很脆弱，其實滿堅固的。

　　沙土將軍指揮著一群沙土人建造一座大房子，有個沙土人回報說：「Lono王子已經帶來了。」

　　沙土將軍聞言甩甩頭說：「把他帶進來。」

　　「是。」沙土人說完就離開了。

　　沙土將軍走進用沙土蓋成的沙土宮殿，守門的全是沙土人。沙土將軍在大殿寶座上坐著，等待Lono王子到來。Lono王子把整個沙土城堡逛完了，卻不見任何人跟他說話。城堡裡的沙土人忙著建造圍牆，Lono王子則忙著尋找離開城堡的出口。這裡的沙土人幾乎都不跟他說話，直到沙土將軍指派的沙土人出現，Lono王子才被帶入宮殿。

　　Lono王子一見到沙土將軍就怒氣沖沖地說：「難道你不知道我的村落正在遭大雨侵襲、海水侵蝕嗎？」

「知道，我當然知道。」沙土將軍說。

「既然知道，快放我回去。」Lono王子說。

「會抓你來，只是要告訴你沙土很脆弱，被水一沖就散。但沙土也可以很堅固，怎麼樣也沖不破。」沙土將軍說。

「咦？」Lono王子發出輕嘆。

「你剛才不也看到了？這整座城堡都是用沙土做的，卻很堅硬，連水都滲透不了。」沙土將軍說。

Lono王子思索著沙土將軍的話，領悟到：「這沙土可以建城堡，而且還滴水不漏，那麼，沙土也可以蓋橋，蓋房子啊！」Lono王子想著想著出了神。沙土將軍看他的模樣，早已猜測出其心思意念。一會兒，沙土將軍揮手示意讓沙土人靠近Lono王子，然後沙土將軍大力一揮，Lono王子和沙土人霎時就不見了身影，消失在宮殿大廳。

89.連海水都侵蝕不了的橋

　　天氣終於放晴了，村民又在沙灘上活動了，迎著海風，乘著海浪，好不暢快！萬里無雲，陽光普照，大海有如穿戴金縷衣、珍珠項鍊的美人，亮麗動人，璀璨生輝。多麼舒爽的天氣，就連潛藏在海底的生物也不時露出水面來呼吸。

　　Saya公主一個人在屋裡悶得慌，獨自在村落市集裡走路散心。沼澤地有著豐富的野菜，在沙灘的礁岩裡也有竄動不停的大腳蟹，這些大腳蟹幾隻就足以飽餐一頓。

　　見到Pilanu從海岸礁岩走過來，Saya公主劈頭就問：「Pilanu，你說Lono王子在Baagu村，都好些天了，怎麼沒看見他？」

　　Pilanu一時之間也愣住了，支吾其言說：「或許是Lono王子找Avango和Zawai有事情耽擱了，最近不是忙著搭橋的事嗎？」

　　「真的嗎？」Saya公主追問。

　　「是的，你又不是不知道Lono王子忙起村落的事都是沒得

休息的。」Pilanu心虛地說。

「也許你說得對，Lono，他就是這樣的人，忙起來就忘了自己。」Saya公主點點頭說。

Pilanu聽Saya公主這麼說，暗自鬆了口氣。Saya公主想去沼澤地和山坡看看，希望Pilanu能陪她一起去。

「Saya公主，這……」Pilanu有點猶豫地說。

「怎麼了？我是想好些天沒吃到新鮮野菜，想去摘一些來吃。」Saya公主說。

「這事我帶幾個人去就行了，你現在有孕在身，我負不起責任。」Pilanu說。

「又沒叫你負責。」Saya公主氣惱道。

「要是Lono王子知道就不好了。」Pilanu說。

「既然這樣我自己過去好了。」Saya公主說。

Saya公主划著舢舨船要過海到另一邊的海灘，Pilanu沒辦法，只好陪著Saya公主去了。只要到對岸沙灘就放心了，Saya公主從海灘走向灌木林，似乎真的要去沼澤地。突然，一隻山豬從灌木林竄出把Saya公主嚇了一跳。這時灌木林出現了一群人，原來是村民。村民們扛著好不容易才獵到的一隻山豬和一隻鹿，大家看見Saya公主時也感覺非常驚訝。

「沼澤地還有人嗎？」Saya公主問。

「應該有吧？」村民答。

沼澤地除了野菜之外，整片山坡地都有藥草可摘，Saya公主主要是為了摘藥草而來。

這個時候突然有村民大叫：「沙灘上有個人躺著。」大家都跑出了灌木林。

「我們也去吧。」Saya公主對Pilanu說。

村民圍著沙灘上的人，查看後，大家不約而同地驚呼：

「是Lono王子！」

「Lono王子回來了！」

Lono王子睜開眼睛但又立刻瞇上，因為他仰臥著，正好面對白花花直射的陽光。一會兒，Lono王子側著身子站了起來。

村民圍著他說：「我們橋都做好了。」

「是啊，就等你回來搭橋。」

Lono王子看著大家，不發一語。不久，Pilanu和Saya公主也趕到了沙灘。

Saya公主一看見Lono王子，就驚奇地問：「你不是在Baagu村嗎，怎麼躺在這兒？」

Saya公主看著Pilanu，覺得事有蹊蹺。Lono王子走向Saya公主，抱住她，深情款款。村民看見這情形很感動，Saya公主也流下了淚水。

一會兒，Lono王子放開Saya公主，轉頭對村民說：「我知道大家很辛苦，努力造橋過海、過河。不過，要做一個連海水都侵蝕不了的橋，還需要加點材料。」

「什麼材料？」村民好奇地問。

Lono王子對Pilanu說：「通知巡守隊告訴Avango和Zawai，現有的橋保留住，等我通知。」

「是。」Pilanu說。

Lono王子是因為沙土將軍的話而改變了造橋計畫嗎？Lono王子又會用什麼東西來造橋，使橋造起來更堅固呢？村民滿心期待地回家，盼望著造橋成功的一天。

90.Zawai的心事

　　夜晚，Saya公主獨自一人在房裡想著事情，Lono王子和Pilanu突然走進房門口嚇了她一跳，打斷了她的思緒。

　　Lono王子對Pilanu說：「你可以回去休息了。」

　　Pilanu立刻聽命走出去了。

　　Lono王子隨手關上門，回頭對Saya公主說：「你是在怪我還是在生我的氣？」

　　「生氣？這麼多天沒見到你，連大夥都跟著你瞞我。」Saya公主氣鼓鼓地說。

　　Lono王子走向前抓住她的手，誠懇地賠不是說：「對不起，我一定不會離開你的。」

　　「不要跟我說對不起，我是擔心孩子將來找不到你呀。」Saya公主哽咽道。

　　Lono王子看著她，深情款款地保證：「你跟孩子我都不會離開。」

　　Lono王子一手抓住Saya公主的手，一手摸著Saya公主的肚

子說。

在這暗無燈光的夜晚，浪濤聲不絕於耳，海風猖狂呼嘯，海沙滿天飛舞。海灘的夜，萬籟俱寂，又萬籟俱奏，有風聲、水聲，有蟲鳴獸吼，還有人們酣睡的呼吸聲，交織在山谷、溪澗、沙灘、海溝裡。

Avango和Zawai接到Papo傳來Lono王子的竹簡，得知Lono王子平安歸來。Zawai心裡想著：「每次Lono失蹤之後都會帶來一些改變，難道這次又跟Lono要造橋的事有關嗎？」

Piyan走過來，Zawai放下心思，看著她，隨口問道：「孩子睡了？」

「嗯。」Piyan點頭回答，又關心地問：「為了造橋的事煩著？」

Zawai沒有回答，靜靜地看著Piyan，然後將她摟在懷裡，說道：「要管理一個村落不是那麼簡單，更何況王國的管理，想得也比別人多，比別人遠。」

「你怎麼了？」Piyan推開他的手說。

「更重要的是還要和自己心愛的人分開，無法天天見面。」Zawai說。

Piyan知道Zawai說什麼，只是Lono王子有這個能力成為王國的領導者，照顧村民也等於照顧自己。

「這麼晚了，睡吧！」Piyan說。

Zawai一直想著關於在沙灘之間造橋的事，久久無法成眠。

91.造橋的最好材料

　　沼澤地裡，挖出一桶一桶的爛泥巴被收集起來。這爛泥巴略帶灰黑色，黏黏稠稠的有些噁心。村民將這些爛泥巴收集好放置在沙灘上，另一組人在礁岩上敲敲打打，忙個不停。大岩石被村民的石棒東敲一塊、西敲一塊，不久就化整為零了。這些零碎岩石也被裝桶收集起來，然後再用石鎚磨碎。這些工作真是費力啊！

　　另外，Pilanu和另一組村民則在大竹篩上篩選沙灘上的沙土，留下顆粒小的，顆粒大的另有用途。Pilanu把工作的方法都告訴了Papo，希望Papo能夠讓Baagu村的村民也和Torobuan村的村民一樣做。Papo沒想這麼多，他知道這一定是Lono王子要的，於是也派人通知Zawai和Avango，希望村民能夠合作一起完成。

　　Lono王子看著礁岩石被村民一塊一塊地敲下來，最後磨成了白色的粉狀。他先在小木桶裡裝了一木匙的礁岩粉末，再慢慢地加上水調和成糊狀，又加入篩選出來的沙土用水調和，然

後再加上沼澤的爛泥巴。

「我讓你做的盒子呢？」Lono王子問Pilanu。

Pilanu叫巡守隊拿過來，呈上說：「王子，在這。」

「放著。」Lono王子說。

Pilanu將盒子放在地上，大家都感到十分好奇，到底要做什麼呢？

Lono王子把剛才和好的黏稠物倒入盒中，然後對村民說：「我們還要很多礁岩粉和爛泥巴還有沙土，希望大家再努力多裝一些，因為這些都是造橋最好的材料。」

村民個個瞪大眼睛瞧著，心想：「礁岩粉真能造橋，真的不可思議！」

Lono王子專心看著眼前的試驗品，Pilanu不解地問：「接下來要做什麼呢？」

「等這盒中的泥土乾了再說。」Lono王子答。

Lono王子在等待的時間哩，放眼四周，搜尋著海溝、灌木林，又沿著礁岩，順著海灘走。

「這是什麼？」Lono王子問。

「是Lono王子之前做的記號。村民認為這裡沙灘淺很容易擱淺，所以就做了一個木樁，若有船從外海進來就停泊在這裡，而且船和船之間有繩索綁著，不怕被吹走。」Pilanu說。

「村民真聰明。」Lono王子點頭讚嘆說。

從這裡搭船順著海流走，可以到達對岸的沙灘、山坡地、矮木林，或者順著溪床也可以到達矮木林、沼澤地，活絡了礁岩沙灘和海岸礁岩的陌生。

Saya公主一個人在沙灘上撿拾著貝殼，Lono王子看見了她，故意走向前，裝不認識說：「你在做什麼？」

Saya公主聽見這聲音就故意說：「誰那麼無賴敢擋住我。」

「你罵我無賴?!」Lono王子說。

Saya抬頭看著他，裝兇巴巴說：「就是說你無賴！」

「看我怎麼治你。」Lono王子一手將Saya公主拉進懷裡說。

Pilanu看見這情形尷尬地說：「王子，我先回家了。」

Pilanu說完就離開了。Saya公主想掙開Lono王子的懷抱，反而被抱得更緊了。

「你逃不出我的。」Lono王子說。

Saya公主靠著Lono王子的胸膛，Lono王子溫柔地撫摸著她。

「你要是不放開我，我就打你兒子。」Saya公主說。

Lono王子驚訝地說：「我……我兒子？」

　　Saya公主假裝用手捶著肚子，Lono王子放開了她，半蹲地摸著Saya的肚子說：「兒子，媽媽好壞竟然打你。」

　　「唉呦！」Saya公主叫了一聲。

　　「怎麼了？」Lono王子說。

　　「你兒子剛才踢我一下，你們父子倆真是壞。」Saya公主說。

　　Lono王子抱著她，揶揄地說：「我不是壞，我是疼你。」

　　兩個人臉上帶著喜悅的笑容回家。漫長的陽光照在海面上，照在沙灘上，萬物在夕陽的照射中更顯得生氣勃勃。

92.歷史性的一刻

　　舢舨船在海上來來回回穿梭，太陽如虎似狼展現其兇猛威力地，漁民們黝黑的皮膚閃閃發亮，一如陽光光芒。海岸礁岩間藏著豐富食物，這是海神所賜的禮物，小蝦蟹在陽光的滋潤下活力十足，常常和村民在沙灘玩追逐遊戲，大大小小的腳印深印在沙灘上，一直到海水沖上岸才將之抹去。

　　Zawai在灌木林裡看著被村民挖下來的礁岩，一桶一桶地敲成粉末。

　　「出來了，大家來看啊！」有村民從沙灘上大叫說。

　　「什麼事？」Zawai問。

　　Zawai跟隨著大家走到沙灘上，看見遠處有一群村民正在海灘上做木橋，Zawai眼神專注、步伐規律、姿勢不變地向他們走去。村民正在木桶上攪拌礁岩粉末和沼澤爛泥巴和沙土等黏稠物，拌好了就放置在一旁，平坦的木橋上放著村民編綁的竹筏，舢舨船慢慢拖曳到海灘中央，和對岸沙灘拖過來的舢舨船交互放在海灘中。

　　Lono王子原本在另一邊沙灘上佇立監督，一會兒也搭著船來到，下令說：「插上木棍，把竹筏綁起來。」

　　「Pilanu，Papo，你們也把竹筏綁在木橋上。」Lono王子對著岸邊的Pilanu和Papo說。

　　看著兩邊的竹筏越過淺海排成一長排，彷彿是一巨型長竹筏，Zawai忍不住發出驚嘆說：「難道這就是Lono說的橋嗎？」

　　「哇，兩邊的木橋搭起來了，以後就可以直接走過去，不用再搭船了。」村民說。

　　「是啊，Lono王子想的往往是我們想不到的。」又一村民說。

　　Lono王子先試試海中木棍是否綁得夠緊，又讓村民先回岸上去，自己划著船來到Papo這邊。他摸摸橋墩檢查有沒有綁牢，吩咐幾個村民上竹筏去踩踩看牢靠不牢靠。

　　「王子，這樣沒問題吧！」Papo說。

　　Lono王子站在木橋上對Papo說：「把剛才調好的沙土爛泥巴鋪在這上面，一定要填平。記得，木橋和竹筏的接縫處一定要填平、密合，不能有空隙。」

　　Papo立刻叫巡守隊把木桶搬上來，村民開始填補作業。接著Lono王子又搭船往Pilanu那邊划過去，一樣的動作，試試橋

墩的牢靠與否，讓村民在木橋上踩踩牢靠度，最後又令Pilanu
讓巡守隊把裝了調和好的沙土木桶搬上木橋，村民篩選沙土並
填平木橋。

「記得木橋和竹筏之間絕對不能有空隙。」Lono王子再次
叮嚀。

「這橋造好了，要到Torobuan村也方便多了。」村民說。

「我們以後到Baagu村也輕鬆多了。」村民說。

Zawai和Papo監督著工程，看著兩端的橋面慢慢地被沙土
鋪平。

「橋要通行也得等沙土乾了以後。」Papo說。

「是啊。」Zawai說。

這個時候Avango也來到海岸沙灘。

「我是不是錯過了什麼？」Avango有點遺憾地說。

Zawai轉頭看了Avango一眼，說：「你的確錯過了歷史性
的一刻。」

「是竹筏嗎？竟然能佇立在海中？」Avango驚嘆道。

「是啊，任誰也想不到。」Zawai說。

Lono王子對Pilanu說：「都填好了，就綁上繩索等沙土乾
了以後再過來。」

「是。」Pilanu答道。

Lono王子看對岸大聲說：「Papo，都填好了，就綁上繩索，等沙土乾了再過來。」

「知道了！」Papo也高聲回應。

Lono王子看著海水在竹橋下方流動著，中間木棍似乎不夠牢靠，下令：「再釘上兩根就夠了。」

Lono王子走到旁邊拿起木板契合著尺寸，Avango看著滾動的海水在竹橋下推動著。

「沙土拿過來。」Lono王子說。

Pilanu將沙土拿給Lono王子，Lono王子一邊動手搬上舢舨船上，一邊說：「我需要人手。」

村民個個準備好了舢舨船待命，木棍、木板都搬上船。村民隨著Lono王子把船划到剛才竹筏交接的地方，等候著下一個動作。

「這木棍需要加強。」Lono王子看著插在水中的木棍說。

「要怎麼做？」村民說。

Lono王子拿起船上的木棍在水中尋找方位，木棍分別在四個方向形成四角形，兩支比較短頂住竹筏，兩支比較長在竹筏寬度的兩側。Lono王子抽出挖了兩個洞的木板放在木棍上，木棍像木樺一般剛好卡住了木板。

「把沙土從橋上向下倒黏住木板。」Lono王子下令。

「是。」村民聽命說。

Lono王子往Papo方向看去,問道:「還有沙土嗎?拿兩根長一點的木棍和繩索過來。」

Papo立刻和巡守隊準備好Lono王子要的東西,放到船上,然後划行到海水中。兩根長木棍放在已經固定好的木棍旁邊,這樣四根長木棍就固定了橋面,再用繩索牢牢地綑住。為了更牢固,三個大人緊緊拉住繩索。

看著橋就這樣被搭造好了,Avango簡直不敢相信自己的眼睛,驚呼:「Zawai,這是真的嗎?」

「是真的,以後Tamayan村和Torobuan村兩相往來,除了靠船通行,還可以靠橋,從橋上直接走過去就行了。」Zawai說。

「那Baagu村到Torobuan村就更近更快了。」Avango說。

村民將沙土全部鋪在橋上之後,就只剩下祈求天神幫助了,希望天神祝福不要下雨,讓太陽好好將水分蒸發乾、凝固,這樣才能走。等待的時間,大家一邊收拾剩餘的材料和工具,一邊帶著欣慰的表情與有榮焉地看著自己的成果。舢舨船來來回回,有人說穿過橋下時要特別注意,否則弄倒了得再做一次。因此,沙洲島前後兩側都有舢舨船,只有中間沒有,因為怕弄壞了橋。

　　Lono王子要回岸上前告訴Papo說：「我還要更多沙土和繩索，還有比那河面還寬的竹筏。」

　　「我知道。」Papo說。

　　天藍雲白，陽光強烈地照在海面上，一切景物顯得格外明亮。這裡是一個大海灣，沙洲擋住了海水的破壞力，才得以將橋這麼成功地建造起來。陽光、沙灘、大海、竹橋，真是一幅天然美景。若是等到夕陽西下，彩霞滿天，這一切就更美了。

93.礁岩上的白色晶體

在礁岩上坐著看太陽返照的餘暉灑落在海面上，山坡上留下泛著金黃的色彩普照整個樹林、草地。山坡上的草浪一波一波隨風擺動，彷彿海面上起浮搖盪的海水一般，當草波低垂就像浪花打在礁岩上。

「好美喲！」Saya公主忍不住發出驚嘆。

「是啊，真美！Saya公主該回去了，你已經坐了很久了。」一個村婦說。

「是喔？」Saya公主笑著說。

Saya公主甜甜的笑容在陽光的照射下顯得更加燦爛。

「對了，你們看見橋造好了沒，可以走上去了嗎？」Saya公主問村婦。

「這幾天大夥天都去查看，沙土被太陽曬得越來越乾了，而且很硬。」有個村婦說。

「就怕表面乾了，裡頭還是軟的，所以Lono王子不許大家上去踩，怕一不小心掉下來，就完了。」另一個村婦說。

「不過倒也奇怪，Lono王子叫村民再做一些竹橋和沙土，可是自個兒卻把礁石上磨出來的粉放在沙灘上好些天了。」村婦說。

「這麼奇怪？」Saya公主說。

「而且還用石盆子裝海水，然後把礁岩粉放進去，然後又把水倒進另外一個石盆子。」村婦又說。

聽著村婦你一言我一句的談論，Saya公主更加好奇了。

和大家一起走回村落的路上遇見了Pilanu，Saya公主問他：「Lono王子呢？」

「在沙灘那邊。」Pilanu答。

看著Pilanu手上的木桶，Saya公主又問：「你是不是也要去找Lono王子？」

Pilanu點點頭沒說話。Saya公主讓村婦們先回村落，自己則跟著Pilanu去找Lono王子。Lnon王子一邊幹活一邊想：「如果將海水濾過後和山林裡的河水喝起來沒什麼不一樣，和雨水也相同，村民也不愁乾旱了。」接著又想：「不妨把礁岩放進海水裡面試試看，或許會不一樣……」Lono王子的試驗成功了，木盒子裡頭的海水漸漸變淡，礁岩上也附著晶瑩剔透的白色顆粒。

「再放久一點，這海水應該會變得完全沒味道，就和雨水

一樣。」Lono王子自言自語地說。

當Lono王子看見Pilanu和Saya公主走過來，就對Pilanu說：「不是叫你一個人來嗎？」

「這……」Pilanu眼睛看著Saya公主，支吾其詞，神情為難。

「什麼事這麼神祕連我都不能知道？」Saya公主嘟著嘴說。

「沒什麼事。太陽快下去了，天氣冷，身子受寒不好。」Lono王子說。

Lono王子把Pilanu拿來的木盒子放在地上，把礁岩從海水的那一盆拿過來放上去。

「這是什麼？亮晶晶的。」

Saya公主說完，伸手摸了一下礁岩上的白色晶體，然後在嘴嘴上舔了一下，驚呼：「鹹鹹的！」

「什麼？鹹的？」Lono王子驚訝地說。

Saya公主點點頭，看著Lono王子。Lono王子心裡想著：「在海上生活這麼久，從沒發現這礁岩還真有用處！感謝海神，讓我的族人找到神仙般的土地定居下來，不再漂泊流浪，又賜予我族人這麼好的禮物。」

「你在想什麼？」Saya公主看著發呆的Lono王子問道。

Lono王子傻笑了一下，說：「回家吧！」

木盆子就這樣擺在沙灘上，月亮出來照著它，太陽出來也照著它。

94.多用途的草衣

　　天空灰濛濛的，厚厚的雲層只透出一層黯淡的光。Lono
王子站在新造好的橋頭上，踩著橋面走了幾步，雖然晃盪，還
算平穩。又蹲下來，按壓著木橋的接縫幾次，滿意地點點頭。
Lono王子站了起來往前走，橋有點晃，不過很穩。當他走到海
溝的中間又蹲下來查看了一下，又繼續往前走，相同的動作又
做了一次。Lono王子看著天色未亮，又繼續在橋上來回走了數
次。回到Torobuan村的時候，他一個人坐在礁岩上思索著，想
著想著就在礁岩上睡著了。

　　Pilanu巡視村落時聽見巡守隊說Lono王子一個人往海岸邊
去了，當Pilanu看見Lono王子一個人躺在礁岩上睡著了，猜測
Lono王子一定是勞累過度不知不覺睡著了，心裡既擔心又感
動。Pilanu趕快將自己身上掛的一件草衣披在Lono身上。這種
草衣可以當風衣披著，也可以當棉被蓋著，很暖和的，村裡的
勇士人人隨身一件，非常方便。村落的女人們個個都會編織這
種草衣，有的就送給自己心愛的男人穿，沒有愛人送的勇士

們，只好拿自己的狩獵品和女士們交換草衣。

不久天空終於亮起來了，泛紅、泛紫的雲彩漸層地暈染開來。當陽光透過厚厚雲層散射出第一道光芒照在海面上時，村民也開始活動了，雞鳴啼出第一道曙光。Lono王子轉動身子，身上的草衣掉了一半在礁岩下。Pilanu俯身撿起掉落的草衣時，Lono王子也醒了。

「Pilanu，你怎麼在這裡？」Lono王子說完看著Pilanu手上的草衣又問：「我睡著了？睡多久了？」

Lono王子轉頭看一看四周，發現天已經亮了。

「Lono王子，以後你不要在這裡睡會著涼的。」Pilanu擔心地說。

Lono王子站了起來，看看周遭景物，嘆口氣說：「我是來看橋的，想不到竟然在這裡睡著了。」

「你太累了。」Pilanu說。

Lono王子在Pilanu的陪同下回到了村落。

95.Zawai箭法高超

　　Avango和Zawai並肩在村落市集裡繞著，聊天散步。在這裡，每一戶村民都擁有自己的生活工具，從山上打獵回來，又去海邊捕撈，勤奮地忙碌著。日復一日，溪水沿著沼澤地流入大海，有如村民的生活，生生不息。

　　「說真的，如果Lono沒有在沙洲上建立新村落，生活在這地方還真有點狹小不堪。」Avango說。

　　「是啊，從這裡看過去，一片大海，多虧有了新村落才能夠讓村落的範圍變大，讓村民的生活變得更寬廣。現在又在沙洲和沙灘之間建造了木橋，這樣村與村之間就更沒有距離了。」Zawai說。

　　「說到橋，更讓我想不到的是，這橋居然是建立在內海沙灘靠近海岸山坡的地方。」Avango說。

　　「因為那裡距離最近，村落聯絡較快速。」Zawai說。

　　Avango和Zawai兩個人聊著聊著，一隻野兔飛過，Zawai立刻拔箭拉弓射出。

「射中了沒？」Avango問。

「不知道，去看看。」Zawai說。

果然一隻野兔倒在草叢裡，Avango讚賞道：「你的箭法還是那麼好！」

Zawai看著野兔受傷的部位，說：「差一點，我就射不中了。」

Avango看著Zawai沒有說話，抓起兔子，問：「打算怎麼處理？」

「為了建立村落的事，已經很久沒和Lono比賽射箭了。」Zawai沒有回答Avango的話，倒是說出了自己隱藏許久的心事。

村民一個一個跑向沙灘去，手舞足蹈地互相興奮地談笑著。原來是跨海大橋可以通行了，村民人人都想嘗鮮去走走看。

96.沼澤地的臭泥巴

　　新鮮的魚要趁早煮來吃，才不會放著壞掉。村民們聚在橋邊等著輪流過橋，因為橋剛開始通行還不確定穩固度。Lono王子留心觀看著新橋通行的狀況，等待過橋的村民個個眉開眼笑，一臉興奮。村民沿著橋中央慢慢走過，此時出海的村民也回來了，突然有人大叫：「小心。」只見一個碰撞有人跌入海中，舢舨船上的村民趕緊向前搭救拉上船，總算有驚無險。村民也退回了岸上，沒有再過橋，

　　「Lono王子，這怎麼辦？」一位年長的村民問。

　　Lono王子看看橋，又看看被救起來的村民，輕聲問：「沒受傷吧？」

　　「沒事，這橋挺穩的，只是走太快會掉下去。」被救起來的村民說。

　　「我知道。」Lono王子說。

　　Papo也來到了對岸，他向Lono王子大聲打招呼說：「王子！」

Lono王子看著Papo，Pilanu此時也來到Lono王子身邊。

「Papo，把繩子交給巡守隊，跟著舢舨船慢慢過來。」Lono王子指著橋的一邊說。

接著，Lono王子也讓Pilanu把繩子交給巡守隊，搭著舢舨船慢慢離岸。Lono王子自己則走在橋上，當舢舨船來到中央，Lono王子就把繩子在木棍上纏繞幾圈，兩邊都一樣這麼做。

舢舨船繼續向前走，Papo和Pilanu看著繩子拉起兩條線，只聽Lono王子對他們說：「把繩子繞在靠海的木棍上，繩頭結在靠岸的木棍，拉緊。」

Papo和Pilanu聽命依序做了一樣的動作，Lono王子則拉起繩子，吩咐道：「再緊一點。」

巡守隊用力拉緊，村民也來幫忙，兩條繩索筆直地在綁在橋上，Pilanu和Papo分別將兩邊木棍上的繩子打成死結固定好。Lono王子走在橋上不斷地來回拉拉繩子，又來到Papo這邊，讓幾個村民試著走，試著拉繩子，並要Pilanu也讓幾個村民走過來，村民在橋上倚繩互讓通行。

「啊，終於成功了！這全是大家辛苦的成果。」Lono王子欣慰地說。

村民也露出了開心的笑容。Saya公主這時已來到橋邊，看見Lono王子和Papo站在對岸。

Papo一看見Saya公主就提醒Lono王子說：「Saya公主來了。」

大家在岸上等待過橋，人人都躍躍欲試。

村民把想在沙灘舉行晚宴，慶祝新橋通行的的事告訴了Lono王子，Lono王子聞言微笑點頭答應說：「好吧。」

看見Saya公主也想過橋，Lono王子就先上橋迎候。

此刻有人大喊一聲，Papo馬上詢問：「什麼事？」

一個村民走過來報告，Papo聽見村民的話，驚嚇不已，立刻召喚巡守隊離開。

「怎麼了？發生什麼事？」Lono王子問。

「Lono王子，沼澤地出事了。」Papo回答。

「什麼？快去看看。」

Lono王子說完，走回岸上之前向Pilanu揮了揮手。Pilanu似懂非懂，拉著Saya公主走下橋。Lono王子看著Pilanu和Saya公主回到岸上，才和Papo一起離開。

「回去吧！公主」Pilanu說。

Saya公主無奈地看著Lono王子的背影，默默無言。

「把手放在竹竿上，我們把你拉上來。」Avango說。

Zawai和Avango一起賣力地拉著竹竿。Lono王子和Papo來到，看見Avango和Zawai兩個人圍著沼澤地，不知道在做什麼。

「怎麼了？」Lono王子問。

所有人聽見聲音都轉頭看著Lono王子。這一轉頭，馬上村民大叫大喊「救命」，Zawai趕緊繼續拉著竹竿往上提。

「Lono王子，有人掉下去了。」村民說。

沼澤地的泥水非常滑溜，Zawai和Avango兩個人咬緊牙關費力地想把掉下去的村民拉起，無奈村民的力氣眼看著漸漸消失殆盡，越陷越深。

「糟糕，快沉下去了！」村民著急地說。

Lono王子抓起地上匍匐蔓延的草藤對Papo說：「拉著。」

「王子。」Papo輕應一聲。

Lono王子將草藤綁在身上，順著竹竿而入沼澤地。

Lono王子身子滑降至村民身邊，吩咐說：「把手給我。」

村民伸長了手臂往Lono王子的手攀去，Lono王子抓住村民的手時，上半身突然下傾了一半，大夥心裡不免擔心緊張。

「Papo，拉。」Lono王子說。

Papo和巡守隊拉起草藤，Lono王子攀著竹竿上來，Zawai和Avango兩個人穩穩拿住竹竿，最後村民被Lono王子拉上竹竿順利救起來，Papo也把Lono王子拉起來了。

「到河流把身子洗乾淨。」一個年長的村民說。

「剛才在沼澤裡聞到一股很嗆鼻的味道。」被救起來的村

民說。

「咦？」大家驚嘆一聲。

Lono王子沿著沼澤邊走著，突然說：「拿一支竹竿或木條給我。」

Papo在附近草堆裡找到村民遺留下來的竹竿，順手拿給Lono王子。Lono王子接過竹竿，看著沼澤地，將竹竿插進沼澤裡，試試深度。沒想到，當Lono王子拿起竹竿的時候，沼澤竟然起了變化，冒出了異味，非常難聞。

「就是這個味道。」村民說。

此時，竹竿莫名其妙地著火了。Lono王子雖然感到很驚訝也很意外，還是先將竹竿的火弄熄了。火熄了，異味也就消失了。

「那是什麼味道？而且還會著火？」Avango問。

「要真的會著火，那村民到這裡不就更危險了？」Zawai說。

Lono王子看了一下四周，問：「Papo，你帶刀來了嗎？」

「有。」Papo回答。

「把刀給我。」

Lono王子說完，離開沼澤，從Papo手上接過長刀往矮木林裡走去。Lono王子砍下筆直的樹，又走到竹林裡砍竹子。

Papo看見Lono王子的動作，問：「Lono王子，需要幫忙砍樹枝嗎？」

　　「不用。先把這些砍下來的樹枝和竹子拿到沼澤地，用一個等距離將沼澤地圍起來。」Lono王子說。

　　「把沼澤地圍起來？」Zawai驚疑地說。

　　「是的，你去幫忙Papo。」Lono王子說。

　　「是。」Zawai和Avango異口同聲回答。

　　當Papo和Zawai兩個人將樹枝和竹竿插在沼澤周圍時，Lono王子又在山坡上找了草藤，將草藤割斷，拉起一條草藤纏繞在一根樹枝上，然後又將每一根樹枝和竹竿連鎖成一圈，整個沼澤區都被草藤圍上了。

　　「從現在開始，每天派巡守隊到這裡巡視，不要讓村民靠近。」Lono王子吩咐道。

　　「是。」Papo答。

　　「回去吧！」

　　Lono王子說完就離開了沼澤地，Avango和Zawai也跟著離開了。

97.Zawai受到野豹攻擊了

　　市集裡家家戶戶準備著晚上要慶祝的食物，雖然忙碌，卻忙得愉快，喜悅的心散發在每一個人的臉上。Lono王子來到集會所，沒有看見Zawai和Avango，巡守隊立刻去通知二人。在Lono王子等待的時刻，Kunuzangan和Takid走進來。

　　Kunuzangan看見Lono王子非常高興，立刻拿起放在櫃子上的一壺酒，說：「咱們爺倆很久沒在一起喝一杯了。」

　　Kunuzangan說完，將桌上的兩隻陶碗倒滿酒，一碗給Lono王子，一碗給自己。Kunuzangan先乾杯，Lono王子也一口氣喝光。

　　「Takid，你也來和Lono喝一杯。」

　　Kunuzangan邊說邊倒滿酒在剛才的碗中，又將Lono的碗倒滿酒。

　　Takid拿起碗將酒喝完說：「你把村落規劃得那麼好，村落很久沒這麼熱鬧了。」

　　「謝謝，這些都是村民自己的努力。」Lono王子說。

「我和長老說，咱們部落在海上漂流了幾千年，第一次有生根的感覺，相信往後也能在這裡生活個幾千年，甚至萬世萬代。」Takid說。

　　「是啊，我們終於從一個漂流的部落變成一個生根的部落。」Kunuzangan說。

　　Lono王子笑笑，沒有說話。這時候巡守隊員匆匆跑過來，屋內的三個人都望著巡守隊員，等著發話。

　　「什麼事？」Takid說。

　　「Zawai受到野豹攻擊了。」巡守隊員說。

　　「在哪？」Kunuzangan問。

　　「在村落北方的山坡上。」巡守隊員答。

　　「怎麼會去那裡？」Takid又問。

　　「沒時間了，快帶路。」Kunuzangan說。

　　三個人隨著巡守隊員走出屋子。

98.村落神射手

村醫正在為Zawai療傷，村民們在市集裡議論紛紛。

「這山上不只有山豬、羌、鹿、猴子，還出現豹，到底還藏著多少猛獸在山裡？」

Kunuzangan一行人在市集途中遇見了Avango。

「你去哪？」Kunuzangan看著Avango手中的鹿說。

「這是要拿去給村民晚上慶祝用的。」Avango看著鹿說。

「Zawai怎麼樣了？」Lono問。

「村醫正在治療。」Avango答。

「怎麼會發生這種事？」Kunuzangan也問。

Avango看了三個人一眼，又望著手中的鹿，說：「我得先把這鹿拿給村民。」

Avango說完就匆匆離開了。

「這孩子……」Kunuzangan搖頭說。

「Avango越來越能和村民相處了。」Takid說。

「是啊。」Lono說。

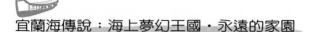
「這都是你的功勞，Lono。」Kunuzangan說。

Lono有些驚訝父親竟如此說，一時不知如何回應。三個人繼續往Zawai療傷的屋子去，走到一半卻看見Zawai正走過來。

「你沒事吧？」Takid關心地問。

手臂上還包裹著草葉的Zawai說：「小傷口不礙事。」

Kunuzangan看著Zawai，問：「怎麼會不小心呢？」

「都怪我貪心，射中了一隻鹿，以為可以再射一隻野豹給村民加菜，誰知道野豹跑得比我的箭還快，沒注意讓野豹撲了過來，傷了自己。幸好Avango及時擊退了野豹，否則我這命不知道還能不能留得住。」Zawai簡單說著自己獵豹的過程。

「看來你傷得不輕。」Lono說。

「敷上藥了，不疼了。」Zawai說。

「野豹奔跑的速度本來就比一般野獸快，下一次別輕易射野豹了。」Kunuzangan告誡說。

「是啊，我和長老兩個人都沒十足把握可以射到野豹。」Takid說。

「Lono可以，我看過Lono射中野豹。」Zawai說。

長老看著Lono，質疑說：「你真的射中野豹過？」

Lono看著Zawai、Kunuzangan和Takid三個人，「只有一次而已，不過讓牠回到山上去了。」

Kunuzangan訝異地說：「我身為長老這麼久，對野豹還沒把握能射中，想不到你的箭法如此迅疾。」

Zawai拉著Lono王子的手高喊道：「村落神射手，無人能敵！」

Lono王子靦腆地笑著。這時，四周傳來村民的叫賣聲和談笑聲，空氣中瀰漫著歡樂氣氛。

99.回想當時年紀小

　　晚空遙遙，星光點點，灌木林的營火揚起了笑聲，沙灘的足舞踩破了暗夜的寧靜。大口大口吃著肉，大口大口喝著酒，即興一曲，歌聲隨著海浪風飄傳遍整個村落。

　　Lono王子吃喝完了之後趕回Torobuan村和Saya公主會合，在過橋途中隱約看見Saya公主坐船來到Baagu村。

　　Lono王子回頭在橋頭等待，一等Saya公主靠岸，體貼地問：「怎麼過來了？我正要回去呢。」

　　「等了一天，天都黑了，擔心你，就過來了。」Saya公主說。

　　Lono王子將Saya公主摟在懷裡，心疼地說：「對不起，每次都讓你擔心。」

　　村民看見Saya公主走過來，熱情地相邀一同歡樂，今夜村民是不會讓Lono王子不醉而歸的。

　　Piyan和Abas兩個人並肩在沙灘上走著，心情格外愉快。

　　「說真的，已經很久沒有在這麼潔淨的星空下散步了。」

Piyan說。

　　「是啊，以前你和我還有Avango、Zawai跟Lono幾乎天天都在夜晚的沙灘聊天。」Abas說。

　　「有時候我還因為Lono而吃你的醋，就像Avango吃Lono的醋。」Piyan說。

　　「現在大夥都各自有伴了，也有了孩子了。」Abas說。

　　「歲月真不饒人。」Piyan說。

　　夜黑如布幕，星星如鑲在布幕上的鑽石，在無垠的穹蒼裡璀璨輝耀。海面上反映著天上星光，閃爍波動著。浮動不已的波浪不就像不斷遷徙的部落嗎？從海上到沙灘，從沙灘到礁岩，從礁岩到海上……誰能知道大海懂得人間多少辛酸呢？

100.礁岩的用途多多

　　說也奇怪，原本竹橋有些東搖西晃的，幾天之後竟不晃了。

　　「黏竹橋的沙土終於在陽光的照射下越來越堅固了，竹橋也不再限定人數，可以自由通行了。」Lono王子說。

　　Lono王子問正走過來的Pilanu說：「準備好了？」

　　「嗯。」Pilanu點點頭。

　　「我們走吧！」Lono王子說完就走過竹橋到對岸去。

　　Papo早已準備好一個木桶和竹籃，木桶裝的是海岸挖出來的岩塊。

　　Papo看見Lono王子走過來，問說：「現在要去山坡嗎？」

　　「嗯，把這些一起搬過去。」Lono王子說。

　　Papo讓巡守隊扛著木桶，自己提著竹籃跟著Lono王子一起走。說是去山坡，其實是到沼澤地。Lono王子先將之前打結的草藤解開一角，然後用大木棍插入沼澤地。

　　「Pilanu，把礁岩塊放兩個在竹籃裡給我。」Lono王子吩咐說。

　　Pilanu應聲把兩個礁岩放在竹籃裡，Lono王子用草藤綁住竹籃，然後將竹籃慢慢放進沼澤裡。Papo和Pilanu不解Lono王子為什麼這樣做，連巡守隊也覺得很奇怪。過了一些時刻，Lono王子提起草藤，竹籃也被拉起來了，礁岩塊沾上了厚厚的一層沼泥，竹籃被放在旁邊的空地上。

　　「好像完全有浸漬到。」Lono王子說。

　　在陽光的照射下，礁岩上的沼泥漸漸乾涸。

　　「Papo，找一枝樹枝來。」Lono王子說。

　　Papo隨地拿來一枝如手指大的樹枝，Lono王子拿起地面上的礁岩走到一塊大石頭邊。

　　「樹枝拿近一點過來。」Lono王子說。

　　Papo不知道Lono王子要做什麼，猜測Lono王子應該是有了什麼新發現吧。Lono王子把礁岩在大石頭上用力地劃了兩圈，礁岩竟然著火了，然後點著了Papo手上的樹枝，又繼續點燃地上撿起來的一根粗樹枝，然後把礁岩上的火吹熄，又將礁岩放在地上用泥土覆蓋火源。

　　「這東西可以生火？」Pilanu有點驚訝地說。

　　「以後村民就可以來這裡取火種了。」Papo說。

　　「現在先把木桶的礁岩都浸漬好，再拿到村落分給村民使用。」Lono王子看著木桶說。

Lono王子只知道沼澤裡那難聞的味道碰上了礁岩變成了可以生火的火種，往後村民也不必利用木頭在大石頭上辛苦地磨出火花。這礁岩和沼澤是海神和天神賜給村民的禮物，來到這裡建立海上王國得到不少神明賜予的禮物，Lono王子非常感謝海神的庇佑。

　　有了礁岩石，從此村落不怕黑，通往村落的路都有巨型火把點著，火把放在淺石盆裡豎立在各村落來往的路口。自從村民懂得用礁岩石沾上沼泥製作火種，生火技術也快多了，煮魚、炒菜、烤肉串也更加方便。礁岩石還可以淨化海水，村民也不須全部擠在溪邊提河水來用了。從海水淨化出來的水也很甘甜，無異味，生活開始安定下來。

　　二年之後，村落人口大大增加了，Saya公主產下一子，Zawai的孩子、Avango的兒子也開始學會走路。村落新生寶寶變多意味著村落的成長，這個成長有助於村落的永續生存。有鑑於此，為村落擴大而舉行的慶典，祭天神，祭海神，祭祖先，村民正在溪流上、大海上忙碌奔波。

　　Lono王子一直很關心Pilanu和Papo兩個人，他們終於有了家眷，也即將擁有自己的孩子。Lono王子看著Pilanu特別為他高興，這兩年來，這個沙洲小村落一直都是他在照顧著。村落人口肯定會逐漸增加，重新建立新村落、擴大生活範圍是必然

的。Lono王子邀請Pilanu、Papo、Zawai、Avango等人再開一次村落會議，討論下一個建村的地點。

101.半山坡上的涼茶棚

　　順著海岸走，邊看邊聊，邊說邊想，是Lono王子決定事情的方式。他不喜歡待在屋裡討論事情，喜歡走出戶外面對村民和所有人一起討論做決策。

　　Avango等人來到半山坡上的一家涼茶棚，這裡是一間通往山坡和樹林的小店，小店主人很客氣，給村民上山打獵及種植幹活的時候歇歇腿，只收一些零用或是和村民交換生活必需品。

　　Zawai、Avango和Lono三個人一踏進來，店主人立刻奉上三碗茶。Zawai看這茶棚裡的客人不少，趁著天氣好出外打獵幹活的人也不少。從這裡還可以遠望沙灘，只見沙灘上有不少小孩子正在搶奪著新鮮藻草，舢舨船也進進出出外海和內海之間，竹橋上往返不停的人影倒映在水中。

　　「村落好像很久沒有辦慶典了。」Lono王子說。

　　聽見Lono王子的話後，Zawai和Avango兩個人不約而同地盯著他瞧。

　　Lono王子看到他二人臉上莫名其妙的表情，喝了口茶後

說：「看什麼？」

「怎麼會突然想到慶典呢？」Zawai問。

Lono王子放下茶碗，淡然微笑，沒有回答。

「剛到這裡的時候，長老辦過一次慶典，祭天神，那時候不是很順利，還發生了一連串的事，難道你一點都不記恨嗎？」Zawai又作怪地說。

「記恨？」Lono王子一臉困惑地說。

「長老夫人……」

Zawai話說了一半，就被Lono王子打斷了：「過去的事就別提了，你看現在大家不是過得挺好的！」

「Lono，謝謝你原諒我母親。」Avango誠心地說。

「長老夫人賜給我這麼一個好兄弟，以後還有很多磨難等著他，我怎麼會不原諒她?!」Lono王子說。

「是啊，我們是好兄弟。」

Avango說完，立刻拿起自己的茶碗和Lono乾杯。

「不過，你打算怎麼舉辦慶典呢？」Zawai問。

「跟過去在小島的時候一樣，請大祭司設壇祭海神、祭天神，現在又多了一個山神、一個沙灘之神也要一併祭祀。告訴眾神說，Pusoram部族已經找到了長居久安的夢幻樂土，可以在這裡萬世萬代地生存下去。此外，也敬告Pusoram的先祖移

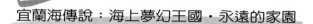

靈在此護佑子孫健健康康、無憂無慮地生存下去。」

　　Lono王子說完站了起來。茶棚裡的村民聽見了非常感動，他們也站了起來。大家擁戴著Lono王子，茶棚主人帶頭拍起手來，眾人也都跟著拍手。Zawai和Avango看到這一幕一時感動得快要掉下眼淚，兩人你看我，我看你，心裡都為著Lono王子受到村民如此愛戴而同感振奮。

　　「祭天神和海神之後，接著就是村民自己的活動，白天忙碌，晚上可以營火舞蹈、營火高歌都無所謂。這個慶典活動，我想十個太陽的日子過後就可以結束了。」Lono王子說。

　　「十個太陽？那麼久？」Avango說。

　　「三天祭天神和海神，七天村落同歡，應該有足夠時間向眾神祈福吧？」Lono王子說。

　　「可以！在慶典期間，我茶棚免費供應給村民歇腳喝茶。」茶棚主人說。

　　「不用收費？」有個村民問。

　　茶棚主人咧嘴笑著點點頭。

　　「既然這樣，那大家現在就回家好好準備，也請轉告所有村民關於慶典的事，請大祭司擇日設壇。」Lono王子說。

　　眾人忙不迭地點頭說好，個個臉上洋溢著興奮與期待的笑容。

102.童言童語

　　祭司府擠滿了圍觀的村民，大家正等待著大祭司的回應。另外的其他人，則各自在村裡忙著慶典事宜，有的人忙著打掃布置住家，有的忙著整頓修理屋子，幾乎所有的屋簷上都掛滿了鮮花，展露著新鮮歡樂的氣息，巡守隊也勤快地在村內村外巡視，輪休的隊員則抽空幫助村民整修屋子。巡守隊員們不斷從山上扛來一批又一批的木頭和竹子，從草坡上揹來一綑又一綑的茅草，這些都是給村民裝修房子用的。

　　Piyan帶著孩子在市集裡走著，孩子突然好奇地問：「媽媽，這些人在做什麼？」

　　Piyan看著正在編茅草的人，回答說：「他們在蓋房子。」

　　「是我們要住的嗎？」孩子說。

　　「是的。」Piyan柔聲回答，又一臉莊重地看著孩子的眼睛繼續說：「以後你也要幫忙蓋房子，不只讓自己住，還要幫助村民建房子住，守護家園喔。」

　　「像爸爸一樣嗎？」孩子天真的眼神看著她問。

「是的，像爸爸一樣，還有像Avango叔叔、Lono叔叔一樣。」Piyan答說。

　　這個時候孩子看見了Abas也帶著孩子走過來，孩子們見了面立刻忘了一切，都玩在一起了。

　　「想不到你也正好出現在這裡？」Abas寒暄說。

　　「聽說要準備慶典，所以就帶著孩子出來看看。」Piyan說。

　　「哈，我也是！」Abas笑著說。

　　兩個大人，邊走邊說，邊說邊笑，談得不亦樂乎。兩個孩子，面對他們人生中首次的慶典活動感到既新鮮又好玩，沿路玩得不亦樂乎。

　　沙灘上的足跡是出海人來來回回的足跡，山林野地不時傳出清脆的鳥鳴聲，沿著溪流有巨大的石頭和泉水可以讓山林裡打獵的村民休息和解渴之用，草坡地有不少野兔、野鹿可追逐，孩子們都在草地裡打滾著。從荒草坡到小山坡，再到沼澤地，只見一條又一條溪流流淌著，溪流交匯處往往出現沼澤地。

　　孩子群中一個個兒較高的孩子挑戰地說：「敢不敢到傳說中的沼澤地去？」

　　「什麼？你說的傳說地就是出現怪物的地方吧？」一個光頭孩子說。

「那不是怪物，沼澤地會冒出可以生火的東西。」瘦小的孩子說。

「真正的怪物是在海岸那邊。」高個孩子說。

「你不會真的要去吧？」孩子們質疑道。

「怕什麼？」高個孩子說。

此時，Piyan的孩子和Abas的孩子也隨著這夥孩子們來到了海岸礁岩，想要尋找怪物的足跡。

103.五彩飛龍和大海龜

　　Saya公主抱著孩子隨著村民過橋，她小心翼翼地走著，突然間從大海中竄出一隻五彩飛龍，靜靜地在海水中站立著，看來並沒有要傷害村民的意思。橋上村民被這情景一嚇手腳發軟，爭先恐後地想逃離，橋下看著的村民也沒有人敢再過橋了。

　　五彩飛龍的眼睛直直盯著Saya公主和她手上的孩子瞧，孩子說：「媽媽，那隻飛龍好像在看我們。」

　　「不要亂講。」Saya公主制止了孩子說話。

　　一群孩子從村裡跑到沙灘，其中包括Piyan和Abas的孩子，他們一看到海中出現五彩飛龍，個個睜大了眼睛，好奇極了。孩子們興奮地繼續向前跑去，想看個究竟，卻被大人們制止了。有人通報巡守隊去通知Lono王子，就在這個時候，五彩飛龍伸長了脖子，將頭往海水裡鑽，不知有何用意。

　　「飛龍的頭潛下去了！」村民驚呼。

　　不一會兒，飛龍的頭又冒出來。此時沙灘上突然出現一隻

大海龜，只見牠慢慢地爬行著，最後上了岸。村民個個覺得十分意外，孩子們更是好奇地向大海龜走去。說也奇怪，大海龜竟然停住不走了，孩子們靠近牠，伸手撫摸牠堅硬的背時，牠也乖乖的動也不動。另一頭，五彩飛龍也從海裡慢慢倒臥，半躺在沙灘上，有些孩子也好玩地撫摸著龍鬚。

Saya公主的孩子忍不住了，掙脫了媽媽的懷抱，急急跑到大海龜旁邊，開心地摸著大海龜。就在這個時候，五彩飛龍將Saya公主的孩子捲了起來高高掛在半空中，把其他孩子們嚇得大哭大叫。大家見狀紛紛退後，一邊緊緊抱住自己的孩子百般安慰，一邊眼睛緊張恐懼地盯著飛龍和牠爪中的孩子。

Abas和Piyan正好散步到了沙灘，她們看著自己的孩子嚇哭了，趕緊上前擁抱安慰。

「沒事的，孩子。」Abas說。

「可是那個孩子會有事。」Abas的孩子說。

Piyan和Abas轉頭看著五彩飛龍手上的孩子，因為距離有些遠，看不清楚。

「那是誰的孩子？」Piyan問。

「是Saya公主的。」有一村民答。

「Saya公主的？那不也就是Lono王子的孩子嗎？」Abas驚呼。

她二人快步走到人群前面，想要尋找Saya公主。

　　Saya公主看著五彩飛龍和孩子，大聲對著飛龍說：「放了我的孩子。」

　　飛龍沒有動靜，孩子卻嚇哭了。

　　「Saya公主。」Abas和Piyan叫住她。

　　Saya公主回頭看著她們，Abas示意要她回來，Saya公主卻轉頭繼續朝飛龍方向走去。

　　「怎麼辦？」Piyan著急地說。

　　「通知Lono王子了沒有？」Abas問大家。

　　「巡守隊已經去通知了。」村民答。

　　Avango、Zawai和Lono三個人接到巡守隊的通知立刻前往海灘，當他們看見Abas、Piyan平安無事時鬆了一口氣，感到非常高興。

　　Piyan對Zawai說：「我們沒事，只是Saya公主和孩子……」

　　Zawai聞言往大海的方向看去，Lono王子早已發聲大喊：「那是我的孩子！」

　　Lono王子一邊喊著，一邊急急穿過人牆，他看見Saya公主也正一步一步朝五彩飛龍走過去。

　　「Saya！」Lono王子大叫一聲。

Saya公主回頭看他，堅定地說：「不要過來！我會把孩子帶回來。」

Lono王子不理會Saya公主的話，繼續往前走去。誰知，大海龜此時竟動作迅速地擋在Lono王子的前面。Lono王子想繞過大海龜卻繞不過，無論他往右繞，或往左繞，大海龜都左擋右擋地擋住了他，村民見狀瞠目結舌，看得呆住了。Avango、Zawai來到了Lono王子旁邊，想伸出援手。

「連這隻大海龜都想阻止你去找Saya公主。」Zawai若有所悟地說。

「你們兩個可以幫我嗎？」Lono王子說。

「怎麼幫？」Avango問。

「把牠抓起來。」Lono王子說。

Zawai正要吩咐巡守隊把大海龜抓起來的時候，大海龜竟然說話了：「Lono王子，怎麼忍心把我綁起來？」

眾人聽到都驚詫不已，連Lono王子自己也嚇了一跳。

「嘎，這隻大海龜竟然會說話！」Zawai嘖嘖稱奇。

「那飛龍不也會說話囉？」Avango聯想道。

「你想做什麼？海龜。」Lono王子問。

此時大海龜搖身一變，變回了大家所熟知的海龜將軍。海龜將軍就是先前保護Saya公主的護衛呀，在場的每個人都盯著

他瞧，深感驚訝。

「你是海龜將軍，那飛龍不就是海龍將軍？」Lono王子說。

海龜將軍面帶微笑看著Lono王子點頭說：「沒錯。」

海龜將軍又轉頭朝著五彩飛龍喊說：「海龍將軍變身吧！」

海龜將軍話聲才落，五彩飛龍立刻變身為海龍將軍抱著孩子站在海灘上，慢慢走上岸。孩子早已掙脫海龍的懷抱，急忙跑到自己媽媽身邊。

Saya公主抱起孩子，親了又親說：「孩子，沒事，不要怕。」

海龍將軍和Saya公主離開海岸來到沙灘，站在Lono王子面前。

Lono王子立刻伸出雙手擁抱住孩子和Saya公主，心裡又驚又喜。

「沒事了。」Zawai鬆了口氣說。

總算有驚無險，圓滿收場！在村裡的矮木林休息地，海將軍和海龍將軍接受Lono王子的招待並向Lono王子說明一切真相。

104.龍王廟和海龜島

「為什麼我感受不到你們？」Saya公主問海龜將軍說。

「公主已經完全成為一個凡人了，不再屬於神界了。」海龜將軍答。

「你們怎麼又會出現在這裡，不是回到海神那裡去了？」Lono王子問。

「那要怪海龍將軍。」海龜將軍故作神祕地說。

Lono王子狐疑地看著海龍將軍，海龍將軍走到Saya公主的身旁，看著她手中的孩子說：「怎麼怪我？我只是想看我的孫子，出來透透氣，沒想到嚇到孩子。」

「你的孫子？」Lono王子困惑地說。

「老實說吧！我是海底龍宮的龍王，Saya公主是我的女兒，奉海神之命幫助你建立海上夢幻王國而來的。沒想到Saya居然愛上你，為了你願意成為凡人，久居此地。」海龍將軍說。

「你是說Saya公主是海龍王的女兒？」Lono王子更驚

奇了。

海龍將軍點點頭。

「那跟你有什麼關係？」Zawai說。

「海龍王不忍心Saya公主受到任何傷害，所以跟我商量，兩個人巧扮海龍將軍和海龜將軍隨身在側保護Saya公主的安全。」海龜將軍說。

「那你意思說海龍將軍是我父王？」Saya公主詫異地說。

「我是海龍王的分身，是龍王用法術變的。」海龍將軍說。

別說Lono王子感到驚訝，Zawai、Avango，還有許多村民，也覺得不可思議。

「既然這樣，那現在現身又為了什麼？」Lono王子又問。

「為了慶典，為了永遠守護村落和你的王國，我跟海龜將軍將永遠消失。另外，也是為了要在沙灘上建龍王廟才來找你，每年祭祀、祭祖都要給龍王祭拜，這樣龍王感應到了才會永遠保護王國。」海龍將軍說。

「我也將成為守護這王國的守門神。」海龜將軍說。

「建立龍王廟？」Lono王子喃喃說著。

「建立龍王廟祭拜龍王，你的孩子是龍王的子孫，龍王不會讓村落消失的。」海龍將軍說。

「那海龜將軍要去哪兒？」Lono王子問。

「等舉行慶典的時候，村落外海會有一座浮島，狀似一隻大海龜，那座島就是海龜將軍幻化而成的。」海龍將軍說。

「為了能永遠守護Saya公主和Lono王子，這是我向海神交換的條件。」海龜將軍說。

「不變人，變成島，就為了要保護我?!」Saya公主驚奇地說。

Saya公主放下孩子，看看海龍將軍又看看海龜將軍，心中無限感慨。

「你真的是父王變的？」Saya公主問海龍將軍說。

海龍將軍點點頭，說：「你完成了海神的任務，幫助Lono王子建立一個強大的王國，讓Pusoram人的子民能夠在這裡繁衍後代子孫，萬世萬代傳下去，我們的任務也結束了，以後就看你們自己的造化了。」

海龜將軍和海龍將軍向眾人點頭告別，轉身離去。

「我會替你建一座廟，讓你能夠回來看看我們，和我們在一起。」Lono王子在他們身後喊著說。

在眾人的目光送行下海龍將軍和海龜將軍離開了矮木林，往沙灘上去了。

「父王！」Saya公主望著望著忍不住喊道。

海龍將軍和海龜將軍回過頭來看著Saya公主和孩子，揮揮手，兩個人就潛入海中消失了。

Lono王子抱著Saya公主，良久無言。

「我一定會好好照顧你跟孩子的。」Lono王子終於打破沉默說。

「好感人喔！」Piyan說。

「想不到Saya公主真的是海神派來幫助我們的。」Abas說。

今日真相大白，Saya公主留給村民的迷惑終於解開了。村民對於Saya公主對村落的付出非常感動，大家暗下決心：「這次一定要更加慎重地舉辦好慶典，以盛大的禮數來酬謝海神。」就這樣，關於龍王廟的建立，大家心裡早已不約而同地建立了共識。

105.一片昇平景象

　　竹筏船在沙洲海域內行駛著，這種捕撈的工具都出籠了，不出海就可以捕魚的工作，一個人坐在竹筏船上拉著繩索綁魚最喜歡的小蟲，就這樣靜寂等待水面上的變化，魚兒是否上鉤了？

　　這次慶典活動，村民全家大小都出動了，煮鹽、種菜，在沙灘上，在荒草坡上。看那沙灘上擺著村民的辛苦收穫，讓人不禁發出欣慰的微笑。舢舨船繞過沙洲，浮沙航行在大海上。烈豔的陽光照映在海面上，在木桶裡裝著新鮮的魚蝦，在竹籃裡裝著從樹上摘下來的果子，沙灘有村民親自栽種的薯果。從海上到山坡到沼澤，群鴨河裡游，雞群滿山飛，和樹枝上的雲雀相互呼應著，海面上的鷗鳥盤旋，猴子在林子裡玩耍鬥村裡的孩子哈哈大笑。

　　大人們忙碌奔波，照顧著每一個人。小孩們盡情地玩耍，好奇地探索蘊藏在生活周遭的天然寶藏。也有的小孩在溪邊撿起石頭幫忙架火堆，在矮木林烤魚、烤薯塊、煮香草湯，芳香

四溢，傳遍整個村落。

市集裡有些村民沒有上山，沒有下海，他們口裡閒聊笑談著，手裡卻忙個不停，忙著織麻編草。是啊，村民們身上穿的、用的，有哪一樣不是這樣織織編編出來的呢？

巡守隊也沒閒著，三人一組地來回穿梭在村落間，在高架台上張望，確保村民在慶典期間能夠平安無事。村落裡年輕勇士開始訓練自己，順著山坡、沙灘來回奔跑，想在慶典時有好的表現。

Zawai和Avango帶著一批巡守隊搭著舢舨船順著海岸礁岩划行，經過了沙灘、沙洲。

「很久沒有這樣航行了。」Zawai說。

「說不定還可以抓條大魚回家呢。」Avango說。

Zawai看看Avango，又看看大海，又從海上看著自己居住的四面環海的村落，發現沙洲上有不少村民紮堆，正這裡一群、那裡一堆地向他們揮著手，他們也開心地揮手招呼。

「這海究竟有多大啊?!」Zawai讚嘆說。

山坡上的的沙灘和沙洲有竹橋相通，為村民帶來不少便利，這些都是Lono王子的功勞。

「Avango，都來到這裡了，去看看Lono，怎樣？」Zawai問。

「好啊，我們三個也很久沒一起航海了。」Avango說。

Zawai將船靠在礁岩岸邊，下了船，準備到村裡去找Lono。

村民告訴他：「Lono王子到另一邊去了，要太陽下山以前才會回來。」

Zawai聞言有些失望，訕訕然興致全消。

「會不會是到大河口那裡？那邊有很多草澤、竹子和沙灘。」Avango說。

「你是說沙洲再過去的沙灘嗎？」Zawai說。

「嗯，聽過Papo說，以前他曾經從山上直走到大河口那邊，從海上也能去。」Avango說。

「走吧！」Zawai高興地划動船槳說。

海水浮動不已地推盪著村民喜悅的心，陽光依然亮麗，海面上的浪花就像山坡、草澤上開放的細碎花朵一樣，泛黃、泛紫、泛紅、泛白，明亮鮮豔的花朵滋潤著每一個人的心。

106.到大河口的捷徑

　　站在山坡向海岸、向大海望去，遼闊的視野令人嘆為觀止。腳下的大海被沙洲分成幾道洪流，滾滾大浪紋變成小浪紋。沿著河流兩岸平野，沙丘草地蘊藏著豐富的資源，吃不完的果葉和樹果。山坡上有豹有熊，而豬和雞的奔騰逃命總是在熊豹出現以前。獵人們的弓箭一命中獵物，隨即聽見山中相應的獵物負傷嘶吼的聲音。

　　Papo從山坡走過來，Lono王子看見了，問說：「都準備好了？」

　　「嗯，龍王廟的木材和石頭都準備好了。」Papo說。

　　這個時候Pilanu看見沙洲外海有一艘舢舨船正划進來，正在起風，浪打得船有些不穩。

　　「Lono王子，你看，那船！」Pilanu驚呼。

　　Lono王子往Pilanu說的方向看過去，船已經順利平穩了風浪，正往山坡這邊來。

　　「好像是Zawai和Avango。」Pilanu說。

Lono看了即將往河流走過來的船隻，說：「Pilanu，去把那船引到沙洲內的海域。」

Pilanu立刻應命走向海岸山坡。Zawai看見Pilanu站在沙灘上，要他將舢舨船引入海域中。

「怎麼你一個人在這兒？Lono呢？」Zawai問。

「在山上，等一下就過來了。」Pilanu答。

原來，Lono王子當時聽見草叢裡有某種聲響，於是一邊吩咐Pilanu去指引Zawai舢舨船，一邊回頭一箭射向草叢。結果，草叢中一隻鹿立刻倒地現身。

「Lono王子，還是一樣好箭法！」Papo驚嘆。

Lono笑一笑拿起了鹿，對Papo說：「這隻鹿挺大隻的，來幫幫我。」

Papo和Lono王子兩人扛著一隻鹿從山坡上走下來，Zawai看見了也感到驚訝！

「好大一隻鹿。」Zawai說。

「借你的船載回去村落。」Lono王子說。

「好吧。」Zawai說。

Lono王子和Papo合力將鹿放上舢舨船。

「Zawai，以後不出海，舢舨船就走這條沙洲海域比較快到達大河口，也不用繞那麼遠。」Lono王子說。

「主要是想到村落找你。」Avango說。

「走這裡也可以找到我。」Lono王子說。

一陣強風吹來，把所有人都吹翻跌倒了。

「快回去，可能要變天了。」Lono王子說。

舢舨船就這樣時而順風時而逆風地航行在沙洲海域上，日光也越來越弱。夕陽漸漸西垂，忽地落入山谷，霎時從山坡輝耀出一道炫彩，整個山頭，整個山坡，突然金光燦爛起來，點點碎花草地也彷彿披上了金縷薄紗，閃耀奪目，沙灘上的白砂好似魔幻一般地隨風一吹，變成了金砂。

「好美喲！」Zawai說。

「是啊！」Avango附和說。

「想不到山上的美和海上的美一樣令人嘆為觀止！」Zawai說。

「所以此次慶典祭海神還外加祭山神是對的。」Papo說。

「咦？」Pilanu一時不解地說。

「天神讓海神和山神把這麼美、這麼好的地方留給我們，不該感謝嗎？」Papo說。

「應該，應該。」Zawai深表認同地說。

Lono王子一路上都沉默不語。Lono王子心裡想著，龍王和Saya公主，還有海龜，為了他的夢想做了這麼大的犧牲，不

由得有點哀傷起來。然而，他深藏心底的哀傷，卻像落入黑幕的夕陽一樣，看不見痕跡。

107.鹿皮衣

　　從沙洲到海岸沙灘的這座橋已經變成村裡聊天散步的地方，有村民說站在橋上看著出海口真的很美。每天早上，捕魚的人還沒有出海就先站在橋上欣賞日出，看著太陽從海面上升起，泛紅、泛白、泛黃、泛金、泛紫的雲彩閃閃奪目地照映在海水中。海裡的珊瑚也不甘示弱，各自擺動著舞姿，炫耀著繽紛色彩，七彩斑斕的珊瑚在陽光的照射下變得更炫麗了。村落的年輕男女也總是在橋上漫步徘徊，低語纏綿。

　　眼見橋樑有這麼多功能，村民於是再次集合力量，計畫在不遠處再造一座橋。由於有著先前的經驗，這座新橋做得更快速也更上手了。村民盡都盼望著新橋能在慶典的時候開通，於是Lono王子、Zawai、Avango等人鼎力支持，無論是礁岩、沙土，或是麻繩及木板、竹筏，都在短短三天內募集到所需數量。

　　Lono王子這回將工程交給新一代的村落勇士Pilanu去指揮部署，剛開始Pilanu有點生疏，經過Lono王子的指點之後也慢

慢熟稔起來。除了Pilanu以外，Papo也是這次造橋的主角。兩個人效法Lono王子的作風，凡事以身作則，親自教導村民操作。

「Papo越來越獨立了。」Zawai欣慰地說。

「是啊。」Lono王子點頭笑說。

「Pilanu也是。我常想，要是我也能教導訓練村民，像他們所做的那樣，該多好。」Avango說。

「你已經在做了。我聽村民說，這幾天你都和村民一起造竹筏，砍礁岩石，和他們一起共吃共睡的，這就是村落勇士最大的體驗。」Lono王子說。

「也是身為村落領導人最大的考驗。」Zawai定睛注視著Avango接口說。

「說得沒錯。」Lono王子說。

Lono王子手臂搭在Avango的肩上拍了拍，又落在Zawai的肩上，說：「村民需要你們的保護，也需要村民的守護，大家一起，共同守護著這一片好山好水好家園。」Lono王子說。

一名村民正好路過，聽到了Lono王子的話後就走過來說：「Lono王子說得真好，這一片好山好水我們一定要一起努力守著它，永遠守著它。」

村民說完立刻走向群眾，向大家複述王子的話，村民紛紛舉手附議，表示贊同。

在這個時候有一名村婦從橋上走過來，手裡拿著鹿皮來到Lono王子的面前說：「Lono王子，請你一定要收下這件衣服。這是婦女們用你幾天前獵到的鹿，摘下的鹿皮，合力製作的衣服，是大家要送給你的禮物。」

Lono王子看著婦人手上的衣服，猶豫了一下，說：「我怎麼好意思收呢？」

「你一定要收。為村落，你付出了這麼多。我們是女人，雖然不懂打獵，但像剛才大家都說的共同守護家園的事，我們也想盡自己的一份心力。請Lono王子收下這衣服，繼續帶領我們大家守護村落。」

Lono王子看著婦人手上的鹿皮衣，感動得久久說不出話來。村民熱情地慫恿著，你一句我一句地勸說Lono王子收下禮物。

「你就收下吧！這是村民的心意，推不了的。」Zawai說。

Lono王子看看Zawai、Avango，又看看村民，終於接過婦人手上的衣服，說：「那就代我向縫這衣服的人說謝謝。」

「是的，沒問題。」村婦說。

第二座橋造好了，村民個個眉開眼笑，歡欣鼓舞。第二座橋開放通行的時候也是祭典和慶典開始的時候。

「龍王廟呢？」Lono王子看著橋，突然說。

「龍王廟也快建好了。」Papo說。

「這次的慶典一定要更盛大圓滿。」Lono王子心裡對自己
這樣說。

村民爭相走告第二座橋的完成，喜悅的心情展現在臉上的
笑容裡。另一方面，海龍將軍和海龜將軍也在海面上引頸向著
村落張望。

108.天倫之樂

　　這段時間，村婦們從早到晚忙碌著，為著自己一家人與村落眾人的三餐，張羅食材，洗洗切切，升火烹煮。村落裡，人來人往熱鬧極了，人人都熱心地為興建龍王廟和造竹橋各盡己力。如今竹橋已完工，就剩下龍王廟了。

　　Saya公主正和村婦們一起在露天大「廚房」忙著，孩子拉著她的衣角說：「媽媽，我肚子好餓。」

　　「等一下。」Saya公主邊說邊將薯飯裝進木碗裡。「等爸爸回來一起吃。」

　　Saya公主從烤架上拔起一隻雞腿放在木碗上，又拔了雞翅放在另一個木碗上。

　　「來，進屋裡去吃。」Saya公主對孩子說。

　　Saya公主拉著孩子的手走進來時，Lono王子正坐在屋內椅子上陷入思考，所以一點都沒有察覺，也沒反應。

　　「爸爸，吃飯飯。」孩子說。

　　Lono王子被孩子的叫聲打斷了思緒，馬上起身抱起了孩子

坐在自己的腿上，開心地逗弄著。

　　Saya公主看著他們父子倆享受著天倫之樂也忍不住笑了，她一邊將薯飯和雞腿放在桌上，一邊說：「我再去盛一碗薯飯。」

　　Saya公主說完就走出了屋子。Lono王子拿起木碗一口一口地餵著孩子，自己也不忘偷吃幾口填填自己的肚子。

　　一會兒，Saya公主端著一碗薯飯走進來，Lono王子看著她示意要她坐下來，說：「那碗就留著自己吃吧！」

　　Saya公主看著碗中滿滿的薯飯說：「這太多了，我一個人吃不完。」

　　Saya公主說完看著Lono王子。

　　Lono王子放下木碗，將孩子換手抱著，輕拍著Saya公主的手說：「村民需要我，而我跟孩子都需要你，說什麼我都要照顧你，你也要好好照顧自己。」

　　Saya公主看著Lono王子，一時心裡漲滿了幸福的感覺，喉頭哽咽，淚水盈眶。Lono王子伸手溫柔地拭去她悄悄滴落的淚珠。兩個人就這樣，滿懷著無言的疼惜，自己吃一口，餵孩子吃一口，一起吃完了這一餐。

109.像礁岩石的塊狀物

　　離慶典的日子越來越近了，村落裡掛滿了慶典要用的食物和物品，小孩活蹦亂跳地唱著海神的歌，歌頌著海神。大祭司也分別在三個方位準備著祭天神、祭海神、祭山神的儀式，讓村民能夠參與的盛大儀式，這也是Lono王子交代的。

　　Kunuzangan和Takid二人並肩在村落中散步閒聊。看著村落日益壯大，每家每戶門口莫不掛滿了食物和裝飾，Kunuzangan長老對於當年決定不辭辛苦地從海上漂流到此，總算覺得辛苦有了代價，也對祖先有了交代，對部落的永續經營和傳承也有了更廣的土地。

　　「Takid，從當年Lono和Zawai一起出海到現在，你還在怪我嗎？」Kunuzangan突然問道。

　　「您這話是什麼意思？」Takid不解地說。

　　「過去很多人不滿意我，把Lono趕出小島，最後連我自己也被逐出小島。」Kunuzangan說。

　　「也許這是天命，是Lono的天命所在，海神要他去尋找他

自己的天命，Lono一點都沒有怪你。」Takid說。

「或許你說得對，來到這裡是Lono的天命，Lono也教會了Avango如何保護村落和村民。」Kunuzangan說。

村民來來往往，市集裡的商品比過去多了一倍，這些以物易物的商品都是村民親手做的。

這時，市集裡有一戶店家正在裝運麻布，Kunuzangan看見此景便問：「這些是要搬到哪兒去的呢？」

「這些是要和沙洲那邊的村落交換用的。」搬貨的人說。

「交換什麼？」Kunuzangan又問。

「你不知道啊？自從Torobuan村在沙洲建村以來，村裡所有捕魚的人都搬過去了，聽說那裡的市集是最大的魚貨鋪。這些從沼澤地裡、山坡上摘回來做的麻布、麻繩是要去交換的。以前走水路不方便，現在有橋可通行，方便得很。」店家說。

「想不到Lono王子想得真周到，這樣村民大家都有工作了，打獵的、賣貨的、織布的，樣樣齊全。」搬貨的人說。

Kunuzangan和Takid二人看著這些忙碌的村民、熱鬧的村街，不禁會心地對視一眼，露出了欣慰的笑容。兩個人繼續往前走，在一家烤餅店前停住，空氣裡香氣四溢，正在煎烤的村民專注地看著烤餅。

「生活還好吧？」Kunuzangan問。

「嗯，比以前好多了。我正在練習烤餅，希望能烤出最好吃的餅，在慶典的時候和大家分享。」烤餅村民說。

火爐裡的火越來越猛，看著旁邊一堆像礁岩石的塊狀物，Kunuzangan拿起一塊，問道：「這就是大家生火的工具嗎？」

「是啊，是Lono王子找到的，以後就不再用木頭鑽石取火了，只要這個，你看，很容易的。」烤餅的村民說著就拿起兩個礁石互相摩擦後就著火了。

看著這一切，Kunuzangan說：「這地方真是寶藏。」

「是啊，也只有擁有天命的人才能找到這地方。」Kunuzangan又看著旁邊的Takid繼續說。

Takid笑一笑不回話，兀自大踏步繼續往前走，Kunuzangan也跟了上去，二人不知不覺來到了海岸邊。

「聽說在建龍王廟是嗎？」Kunuzangan問。

「想必快建好了。」Takid說。

「我們過去看看。」

Kunuzangan說完這句話突然感到一陣暈眩，Takid向前扶了他一把，Kunuzangan抬起手說：「沒事。」

「我看還是回去吧。」Takid皺著眉說。

「不用擔心。」Kunuzangan說完就往前走。

Takid和Kunuzangan來到龍王廟前，看到村民正在沙灘上

忙碌著，這時Kunuzangan突然倒下。Takid馬上將Kunuzangan扶起坐在地上，大聲喊他，卻毫無反應。Takid向一個村民求救，將Kunuzangan攙扶到矮木林村落休閒區，靜靜等待村醫到來。Takid也吩咐巡守隊派人通知Avango和Lono。

Kunuzangan突然暈倒的事傳到了大祭司這裡，大祭司卜算了一會，喃喃自語地說：「天意，天意。」

旁邊正在準備祭神儀式的幾位村民不明白大祭司此言究竟有何深意，抬眼望著大祭司等著聽下文，然而大祭司卻沒有多說一句，繼續著手他的祭神儀式，擺設好祭海神、祭山神、祭天神的三個方位，方便村民順著方向一起祭拜三神的方位。

110.Kunuzangan的夢境

　　Kunuzangan置身在五彩繽紛的花叢裡，一邊若有所思，一邊繞過花圃來到了一處裝飾華麗的房子，他發現門外站著許多人形魚，這些人形魚頭上都帶著花冠形帽子。Kunuzangan從人形魚身旁走過，又沿著長廊繼續走，遇見了海馬和海豚。

　　海馬告訴Kunuzangan說：「請隨我來，龍王等你很久了。」

　　Kunuzangan正在思索的時候，已經被海馬帶進了一個房間，坐在正中央的是龍王。

　　Kunuzangan抬眼看著龍王，問道：「為什麼帶我來這裡？這裡是什麼地方？」

　　「這裡是龍宮，我是龍王，奉海神之命召喚你來。」龍王答。

　　「海神有什指示嗎？」Kunuzangan又問。

　　「海神說天神已經將你的天命收回，此刻你該回到天神的懷抱。」龍王答。

「什麼意思？」Kunuzangan不解地問。

「讓你看一個影像。」龍王用手在Kunuzangan的前面畫出一個影像，影像中Lono王子和Avango站在他的床前。

「我死了嗎？」Kunuzangan驚呼。

「你必須讓海上王國產生新的領袖。」龍王說。

「是指Lono嗎？」Kunuzangan追問說。

龍王走出房子，留下Kunuzangan一個人。Kunuzangan低頭想著龍王的話的涵義，也慢慢步出房間，龍王剛才給他看的影像也在他身後消失了。Kunuzangan一個人在長廊走著，來到剛才的花圃，不自覺地摘下花圃裡的一朵花，然後看著摘下來的花，突然又暈眩過去了。

111.Kunuzangan的遺命

　　大祭司把所有的祭神儀式都準備就緒了，Lono王子一個人匆匆忙忙地來到村落休息區。小木屋外擠滿了村民，Kunuzangan還沒有嚥下最後一口氣，他睜著眼看著Takid、Avango、Abas、Zawai、Piyan，似有心願未了。

　　「Lono在哪兒？」Kunuzangan氣若游絲地問。

　　「你要保重身體。」Avango說。

　　Abas帶著孩子站在Kunuzangan的床前，Kunuzangan伸手摸著孫子的手，無限感慨。

　　「告訴我，Lono在哪兒？」Kunuzangan又問了一次。

　　Takid轉向門外對巡守隊詢問了一下，然後轉回屋內。

　　「Takid，你知道Lono在那裡對吧？咳咳！」Kunuzangan說。

　　Kunuzangan說著又忍不住咳了兩聲，大夥都很緊張，村醫面對Kunuzangan的病情也不敢太樂觀。

　　「放心好了，Lono很快就會來了。」Zawai說。

　　Avango蹲在床前抓著Kunuzangan的手說：「父親，不要

這樣嚇我。」

「Avango，你要好好幫助Lono守護村落。」Kunuzangan說。

Avango點點頭。這個時候Lono來到了門口，看著躺在床上的Kunuzangan，他向前走了幾步。Kunuzangan看見Lono來了，使盡全力舉起手要Lono靠過去。

Lono抓住了Kunuzangan的手握著，Kunuzangan說：「Lono，我剛才夢見龍王了，龍王叫我去有話吩咐。我一直在等你來，要交代你，以後村落就交給你了。」Kunuzangan說。

「不，不，不可以。」Lono王子哽咽地說。

「不要哭，我以你為傲。海上夢幻王國是Pusoram部族最終的夢想，你做到了，你完成了海神交託的天命，你要守護這個王國，我會永遠和你們在一起。」Kunuzangan說。

「不，父親。」Lono王子說。

Kunuzangan聽到Lono叫他一聲「父親」，笑著說：「有你這一句，我可以安心地去了。」

Kunuzangan閉上了眼，鬆了筋骨，Lono傷心得說不出話來，Avango也哭得很傷心。Takid安慰著大家，Zawai安慰著Lono。

屋外的村民得知Kunuzangan過世的消息都顯得很哀傷，因為知道前頭還有更大的挑戰等著村民去迎接。大祭司感應到長

老Kunuzangan嚥氣的當下，馬上向門外三鞠躬地拜了三次。村民對大祭司的舉動不甚了解，不過仍照著大祭司的動作做了一遍。

112.如詩如夢的浪漫夜晚

　　半弦明月高掛在天空，海上依然吹著強勁的風，黑色薄紗般籠罩的山坡和矮木林不時傳來幾聲夜鶯的歌聲和夜行動物的腳步聲，山坡路上幾盞火把把整個夜空照得特別明亮。靜坐沙灘上，隱約可見幾點星光高高掛在天空裡，安慰著寂寞夜不安枕的人們。長橋上也有幾對有情人佇留相愛人們喃喃低語，互訴心曲。

　　黑夜的海灘，成千上萬的螢火蟲有如閃耀著冷藍光輝的溪流，流過來，流過去，那樣晶瑩冷豔，令人著迷。海水的波紋也映照著月光、星光，隨著晚風的頻率如詩如夢地盪漾著。

　　經過幾天的祭神儀式，經過幾天的夜夜笙歌，村民的歌聲早已和這裡的山林海灘結合為一，盡情地舞動身子，熱情洋溢地感染了山林中的朋友，海裡的朋友也紛紛探出頭來，共享美麗的山海景色。

　　Abas把孩子哄睡了，走出房間，看見Avango站在Kunuzangan的靈位前，她悄無聲息地走向丈夫身邊。

「孩子睡了？」Avango輕聲問。

「睡了。」Abas輕聲答。

「你知道我剛才跟父親說什麼嗎？我說：『慶典已經順利進行了，祭天神、海神、山神三儀式也順利完成了，父親看見了就震動一下桌子。』果然，桌子動了一下。」Avango說。

Abas沒有回答，靜靜地看著他。

Avango回頭看著Abas，繼續說道：「我告訴父親我會好好守著村落，不會讓村民流浪在海上。」

Abas分別在桌上的兩個碗裡倒滿酒，端起一碗給Avango，說：「慶典是村落大事，應該高高興興，喝了吧！」Abas說。

Avango接過來喝了，又給遞給Abas喝，兩個人一起喝完了碗中的酒。

「你說得對，應該高興，現在外頭，村民還沒散去吧？」Avango說。

「怎麼散？這幾天每一戶人家都飲酒高歌，高興得很。」Abas笑著說。

Avango看著Abas，突然將Abas拉過來摟在懷裡，說：「我們也去飲酒高歌吧！」

Avango說完拿著酒壺和碗拉著Abas進房裡去了。

Piyan坐在門外大石頭上，一個人喝著酒。

「怎麼一個人在喝，不找我？」Zawai說。

Zawai走到Piyan旁邊坐了下來，也拿起酒壺倒酒。

「難得這麼開心地喝酒，不要掃興。」Piyan說。

「咦？我掃興，你怎麼這樣說我？」Zawai說。

「你知道我們從海上是怎麼一路走過來的！現在好不容易安定了，可是，長老和長老夫人都離開我們了。」Piyan說。

「你怎麼了？長老他不是離開，他是跟天神去了，在天上保佑我們大家。」Zawai說。

「真的？」Piyan說。

「我看你喝醉了，進屋子吧。」

Zawai說完，要扶起Piyan卻被Piyan推了一下。

「我才沒醉。」Piyan說。

Zawai看著Piyan站不穩的身子，二話不說將她抱起，Piyan手腳齊來地捶打他，地上徒留著二只酒壺被星光照著。

113.海龍和海龜將軍辭別

　　趁著大夥都散去，Papo一個人拿著酒壺走到橋頭，不料遇到Pilanu也正要過橋。

　　「Pilanu，你也要回去了？」Papo問。

　　「是啊，忙了一整天也該回去了。」Pilanu答。

　　「難得慶典好日子，我們也很久沒在一起喝兩杯了，怎樣？一起喝好不好？」Papo拿著酒壺對Pilanu說。

　　「好是好，去哪兒喝？」Pilanu說。

　　「你不是正要回去，不如就去你那兒喝。」Papo說。

　　「好吧！」

　　Pilanu說完就上橋了，Papo也跟著走上橋。Pilanu和Papo過了橋回到了Torobuan村，準備回家途中卻遇見了Lono王子。

　　Lono王子從他們側面岔路突然出現，看著Papo手上的酒壺，朗聲笑說：「怎麼？兄弟有好事也不找我？」

　　Papo聞聲驚嚇了一下，定睛看著Lono王子，一時來不及回答。

Pilanu看看Papo，又看看Lono王子，說：「Papo，現在要跟我一起喝兩杯慶祝。」

「是啊，太久沒這麼高興過了。」Papo回神說道。

Lono王子轉身看看四周，指著不遠處一個大石頭說：「好吧！我們去你那裡，一起來個痛快，誰要是先醉了，就罰站崗。」

「我去拿酒來，你們過去等我。」Pilanu說。

Papo和Lono王子先往沙灘上的大石頭走去，Pilanu往村落尋酒去。

沙灘上，海風時而徐徐，時而急急，吹得人心渺渺。

「Papo，你跟我也有一段時間了，這段日子真的辛苦你了。」Lono王子說。

「王子千萬不要這麼說，你也教會我很多關於村落的事。」Papo說。

Lono王子看看Papo，又看看大海，看看山坡海岸，這時從矮木林傳來幾聲野鹿的鳴叫聲，還有夜鶯的歌唱。

「剛到這裡的時候，這裡只是一片沙洲，我們在海岸邊停駐下來，在矮木林裡建立了自己的家園，然後王子就說這裡也可以再建一個家園，從那個時候開始，沒有人相信的事，王子都做到了。」Papo感慨地說。

「是嗎？什麼事沒有人相信？」Lono王子好奇地問。

「就是把大海連起來啊！現在村民住在這裡也不會感到害怕了。」Papo說。

「害怕？」Lono王子不解地說。

「是啊，沙洲靠近大海有隨時會被大海淹沒的感受。」Pilanu拿著酒壺過來，接口說。

「你來了。」Lono王子看著他說，示意他坐下來。

「其實你們兩個一直是我的好夥伴，至始至終都相信我，沒有離開我。我和Saya那段最困難的日子，你們也沒有放棄我。」Lono王子說。

Lono王子提起酒壺先喝了一口，又遞給二人說：「喝吧！」

Papo和Pilanu也分別就著酒壺喝上一口。

放眼望去，沙洲上布滿著矮木林，將村落密密地圍繞起來，讓村落得以免受海風的侵襲，海浪的侵蝕。

「其實說到Saya公主，我又想到海龍將軍和海龜將軍兩個人，他們才是真正幫助王子的人。」Papo說。

「是啊，說到海龜和海龍將軍，我還真有點想他們。」Lono王子嘆了一口氣說。

「我也想他們，不知道他們現在在哪兒？」Pilanu說。

「會不會真的離開我們了？」Papo說。

「我也不知道。」Lono王子說。

三個人就這樣不知不覺地在閒談中把酒壺裡的酒都喝乾了。

「沒酒了。」Pilanu說。

「我的也沒有了。」Papo說。

「喝完了。」Lono王子也說。

三個人醉倒在大石頭旁，海龍和海龜將軍從海裡突然出現了，走到三個人的旁邊。

海龍將軍說：「Lono王子，謝謝你建了一座龍王廟，我也可以回到龍宮向龍王覆命了。以後，村落如果有災難，只要在龍王廟點上龍涎香，龍王就會派人協助，消除災難。Papo、Pilanu以後你們兩個人的責任更重要了，要繼續協助Lono王子創造更強大的村落王國。」

「我也要回到海上了，Lono王子、Papo、Pilanu，你們保重。我得到天神和海神的允許，可以繼續守護著你們，也守護著Saya公主。明天一早，你們對著海口向外張望，遠處有座狀似一隻大海龜的浮島，那就是我駐守的地方，我會遠遠望著你們。」海龜將軍說。

「再見了。」

海龍和海龜將軍向三人道別之後，瞬間消失在海中，留下

三個在醉酒中沉睡的夥伴。

　　Saya公主帶著一群巡守隊著急地四處尋找Lono王子的蹤跡，聽見有人說看見Lono王子在大岩石那裡，她立刻趕了過去。

　　有一隻飛蟲爬過Papo的臉，Papo用手打了自己的臉頰，因而驚醒，迷迷糊糊地看著Pilanu和Lono王子，大叫說：「Pilanu！Lono王子！醒來，醒來！」

　　Papo搖醒Pilanu又搖醒Lono王子，Pilanu和Lono王子睜著迷濛的眼睛看著Papo，同時開口說：「怎麼了？」

　　「我們睡著了。」Papo說。

　　「睡著了？」Lono王子驚訝地說。

　　Lono王子站起來看看四周，說：「海龍將軍和海龜將軍他們在哪裡？」

　　「海龜將軍？」Papo疑惑地說。

　　「我剛才好像看見他們從海上走過來。」Lono王子看著大海說。

　　Pilanu摸著自己腦袋說：「經Lono王子這麼一說，我好像也記起來曾經看到海龜將軍和海龍將軍了，而且還說了很多話。」

　　Lono王子看著Pilanu說：「你也看見海龜將軍和海龍將軍

了？他們兩個好像是來辭行的。」

「辭行？他們是來跟我們辭行的？」Pilanu喃喃說道。

Papo也轉動著頭想著Pilanu和Lono王子的話，恍然大悟地說：「聽你們這麼一說，我好像也看見了海龍和海龜將軍了。」

「你們也都看見了?!」Lono王子驚疑說。

Papo和Pilanu同時點點頭。這個時候，Papo看見了Saya公主來到前方，Lono王子卻正背對著，看著大海沒有說話。

Lono王子彎下腰拾起酒壺，說：「我們回家吧。」

Lono說完話抬起頭正要轉身，這時才發現眼前的Saya公主，他一時愣住了，張口結舌。

「這麼壞，一個人在這裡找同伴喝酒，丟下我一個人在家。」Saya公主說著一時哽咽，眼眶紅了起來。

Lono王子把酒壺拿給Pilanu，走向Saya公主面前，抓住她的手臂，緊緊抱住她。這時候，Saya公主眼眶裡的淚水流了下來，仍在嚶嚶啜泣。

「對不起。」Lono王子低聲陪禮說。

Saya公主和Lono王子緊緊擁抱在一起沒有說一句話，Pilanu和Papo兩個人也悄悄地從兩人身邊走過，回家了，巡守隊也離開了。整個海岸沙灘的夜裡只留下Lono王子和Saya公

主兩個人的擁抱，海龍將軍和海龜將軍站在遠遠的海上望著他們，然後消失。Lono王子和Saya公主手牽著手依偎著走回家。

114.龍王廟祭典插曲

　　大清早，龍王廟的供桌上擺滿了供品，這些都是村民花了好幾天準備的食物。大祭司將酒傾注在陶碗中，然後向大海、向龍王祈求，保佑風調雨順，村民平安幸福。大祭司又唸又頌，又祭又拜，這樣祭拜了好半天，終於完成了龍王廟的祭典儀式。

　　Avango和Zawai在眾人中沒有看見Lono，就彼此問道：「Lono王子呢？這麼重大的儀式，他不可能不在場啊？」

　　「是啊，今天這個日子我是不可能不出現的，更何況還有這麼好的村民等著。」Lono王子從人群中走出來，對著二人開心地笑著說。

　　大祭司向前走了幾步，然後宣布說：「從此刻開始，Lono王子正式領導村落，成為海上王國的共主。」

　　Lono王子看看大祭司又看看村民，村民的歡呼聲掩蓋了Lono王子的喘息聲。

　　Zawai向Lono靠近說：「不管你多麼害怕，看著村民，你

就接受吧！」

「是啊，我也會實現我說的話全力協助你，這是父親留下來的遺言。」Avango也向Lono走近說出這句話。

Lono王子轉向村民，莊嚴而誠懇地對大家說：「放心，請大家放心，這裡的一切都是大家努力得來的，我一定會跟大家一起守下去，守住千年萬年的。」

Papo突然從人群中竄出，喘呼呼的站在眾人前面。接著，Pilanu也跑出來，同樣上氣不接下氣地喘著。

「Papo，Pilanu，你們兩個太不像話了，Lono王子在說話，竟然這麼莽莽撞撞地闖進來。」Zawai喝斥道。

「出事了，出事了！」Pilanu喘口氣說。

「什麼？」Lono王子驚訝地說。

Zawai和Avango也露出驚訝的表情。

「出了什麼事？」Zawai問。

「快說！」Avango催促說。

「不是……」Pilanu說。

「怎麼回事？先靜下來慢慢說。」Lono王子安撫說。

「在外海上真的有一座像大海龜的島。」Pilanu說。

「出現一座島？那座島像大海龜？」Lono王子說。

「哇！」眾人驚呼連連。

　　不僅村民嘖嘖稱奇，連Zawai和Avango也感到不可思議。村民紛紛離開龍王廟，一窩蜂地往海邊去看海龜島。

　　「我們也去看看。」Zawai說。

　　「可是……」Pilanu想說又沒說出口，眼睛一直盯著Lono王子看。

　　「Pilanu，你是不是有什麼話要說？」Lono王子問。

　　Pilanu看著Papo，Lono王子看著Papo。

　　「是不是發生什麼事？」Lono王子說。

　　「Saya公主聽說海龜將軍變成一座島，執意要出海去那座島上看看，沒人攔得住。」Pilanu說。

　　Lono王子聞言推開Papo、Pilanu二人，一路飛奔到海邊，Zawai和Avango也快速離開了龍王廟。

　　龍王在廟裡聽見這消息，覺得Saya公主太不懂事，太冒險了，決定幫助Lono王子追回Saya公主。

115.Saya公主的任性行動

　　海岸邊集結了許多村民，大家正議論紛紛。有村民說真的看見一個浮島，形狀像一隻大海龜。Abas和Piyan在沙灘旁和Saya公主拉扯，氣氛有點僵。

　　「你不能去，太危險了。」Abas說。

　　「我去看看，很快就回來了。」Saya公主說。

　　「這裡到那個浮島也不知道有多遠，什麼時候能回來都不知道。」Abas質疑說。

　　Saya公主執意要上船出海，說什麼也攔不住。

　　「快拉住船。」Piyan對巡守隊說。

　　巡守隊欲拉住船，卻被Saya公主用竹竿潑水潑了一身濕。

　　「你不能去，不能丟下孩子。」Abas說。

　　Saya公主聽到「孩子」二字，雙手就鬆軟了下來。Piyan看到這情形趕緊叫人下水去拉船，Saya公主又用力划兩下讓船又遠離了一步。Abas和Piyan兩個人在岸上不斷溫情喊話，卻都沒有辦法讓Saya公主回心轉意。

Lono王子、Zawai、Avango三人很快地趕到了海岸邊，也看見Abas和Piyan兩個人正拚命地呼喊著什麼。

「Saya公主呢？」Avango開口就問。

「在那兒。」Abas看著海面正在孤軍奮鬥地划著船往浮島而去的Saya公主答道。

Lono王子望向海面，對著Saya公主大叫一聲：「Saya！」

Saya公主抬頭看著Lono王子，卻不答話。

「還有船在這裡嗎？」Lono王子轉頭問道。

「你不會？……」Zawai話說了一半。

「給我一艘船救人回來。」Lono王子說。

「已經去找船了。」Avango說。

「Lono，我只是去一會兒，很快就回來的。」Saya公主說。

「船已經找到了。」Avango拉著船說。

「Zawai和Avango先安撫村民回去，我很快會回來。」Lono王子說。

正當Lono王子準備划船出海的時候，突然掀起了一陣風，浪也掀了起來，所有的人都退出了海岸線，在沙灘上的高處避風浪。Lono王子的船也歪了，他調整了船之後，準備再重新啟航。

此時，有村民大叫說：「唉！Saya公主的船歪了，Saya公

主快掉進海裡啦！」

Lono王子猛然回頭一看，Saya公主正努力將船隻扶正，身體半傾斜著。

「Zawai，叫人把船划過來。」

Lono王子說完就直接跳入水中往Saya公主的船游去。Zawai看著Saya公主的船被海浪吹翻了，Lono又急著去救人，自己走向剛才被Lono放棄的船，正要跳進船去，卻聽到Avango喊他。

「Zawai，你一個人划嗎？」Avango問。

「你要一起來嗎？」Zawai說。

「我們也去。」村民說。

Zawai看著數十艘村民的船一下子都划了過來。原來，剛才Lono王子要尋船的事被村民知道了，大家於是駕著自己的舳舨船趕過來。

Saya公主一邊想要扶正舳舨船，一邊看著正在海中游過來的Lono王子，心裡又窘又急。Lono王子一靠近馬上伸手去抱住Saya公主，結果一個重心不穩，害得Saya公主撲通掉進了水裡。在岸上的村民見狀大叫一聲，Lono王子往前一看，心中暗自慶幸道：「還好！」Saya公主仍緊抓著船沿不放，但是洶湧的海浪卻使她的身體盪來晃去，幾乎難以呼吸。

「Saya堅持住，不要動，我很快就到了。」Lono王子說。

Zawai和Avango的船已經在海上準備搭救Saya公主和Lono王子兩個人，Lono王子好不容易游到了Saya公主身邊，一手擁抱住了Saya公主，一手緊緊地抓住船沿。

「對不起。」Saya公主羞赧地道歉。

「不要說話。」Lono王子深情安撫說。

Zawai和Avango來到了Lono王子和Saya公主面前，順利地把兩人拉上船。

「感謝海神，你們都沒事。」Avango說。

Lono王子、Zawai和Saya公主三了人都笑了。村民看見他們正向岸上划過來，都高興得跳起來。

在岸邊有村民將舢舨船圍住他們的船，歡呼道：「歡迎王國共主平安歸來。」

Lono王子低頭看著Saya公主，將Saya公主摟在懷裡。海龍王從海底竄起，海龜將軍站在浮島上望著Lono王子和Saya公主隨著村民一起回到村落，不時露出欣慰滿足的笑容。

此時，Pilanu隱隱約約感覺到海面上似乎有著「什麼東西」存在，他指著大海說：「Papo，海龍將軍和海龜將軍好像在海上。」

Papo回頭看著大海，只見平靜無波的小浪紋，此外什麼東

西也看不到。他不知道，海龍將軍和海龜將軍早已消失了。

「少做夢啦！」Papo回答說。

點點白浪紋在陽光的照耀下顯得更閃亮，更耀眼。

116.一夜風狂雨驟

　　清脆的風聲穿過灌木林，潺潺的流水聲流過沼澤山坡地，奔放的大海聲越過沙灘和礁岩，鷗鳥盤旋的天空有數朵白雲飛過，陽光照在海面上，成群的魚不斷地飛舞，曼妙的舞姿就像大海裡表演的嬌客，山林坡地有不少朋友探頭出來張望，兩顆分明的眼珠子躲在草叢裡嚇跑一群小孩子，也留下了足跡。

　　村落的山坡草地被當作村民的獵場也是學習射箭的好地方，在河口附近有栽種些村民常吃的植物，大海還是捕魚的好地方，Lono王子和Saya公主巡視著村落，所到之處無不受村民之歡迎，看著如此勤奮的村民，這裡一定會繁榮千秋萬世的。

　　「這些都是村民栽種的。」Lono王子看著河流旁的空地說。

　　「是啊，從山林摘回來的野菜就種在這裡，以後村民想吃的時候也方便。」Pilanu說。

　　一行人繼續往山坡路上走，不知不覺下起雨來了，還好山上有小木屋可以遮風擋雨。

　　看著雨勢下不停，Pilanu說：「這場雨不會這麼快就停

了。」

　　下著雨有點涼，讓Saya公主冷得瑟縮著身子，Lono王子把身上的一件草衣脫下披在她身上，Saya公主本想說「你自己穿著吧」的話卻被Lono王子噘嘴「噓！」一聲堵住了，兩個人依偎在一起，甚是恩愛。

　　巡守隊隊員來了，怕破壞兩人甜蜜氣氛，淋著雨站在門口，不敢進來。

　　Lono王子看見了巡守隊的樣子，招手作勢說：「雨下得這麼大，快進來。」

　　「Lono王子，Avango和Zawai在集會所等你。」巡守隊報告說。

　　Lono王子看著雨下這麼大就說：「現在沒辦法到Baagu村。」

　　雨下得大，河流也急，流入大海的河水混著山林靈氣在沙灘上孕育出無限的寶藏。

　　Avango看著屋外的雨，說：「看來這場雨阻斷了我們兄弟三人的聚會。」

　　「別喪氣，天放晴了還是可以在一起的。」Zawai說。

　　Avango轉回屋內看著大家，神情有些無奈。屋內靜悄悄，屋外風狂雨驟的聲響震撼著每顆心靈。

　　Lono王子站在小木屋內向外望，樹影斜搖，晃動的畫面中隱然看見山坡下的沙洲被海水圍繞著，像一座孤島。沙洲雖然有橋相連著，旁邊也有幾株大樹護衛，卻還是抵擋不住河水和海水的侵襲。Lono王子靜默不言，只不斷地在心中呼喚著山神庇佑村民，保護大家躲過這次暴風雨。

117.民之所欲常在我心

　　經過一夜的雨勢侵襲，整個沙灘都活躍了起來，沙灘上到處看見活蹦蹦的蝦、蟹，沙灘上一漥一漥的水坑裡也滿是魚群游來游去。村民不論大人小孩都拿著竹簍去抓魚，抓得不亦樂乎。每艘舢舨船上都鋪滿著漁獲，捕魚的壯丁們人人臉上洋溢著從外海上帶回來的無止盡的喜悅。

　　Avango和Zawai也在舢舨船上拖著漁網，Zawai突然興起，手拿長槍說：「Avango，要不要來比賽？」

　　Avango看著他，問：「怎麼？想比賽刺魚？」

　　「難得這麼大好的日子，海上漁群也多了，你不會怕刺不到魚吧？」Zawai揚眉挑釁說。

　　Avango轉頭看看四周，村民們個個都使勁地捕撈昨夜雨神所賜的海之禮物，而Lono王子則獨自一人在沙灘上走著。Avango似乎另有打算，沒有馬上答話。

　　「你在看什麼？」Zawai問。

　　「我說Zawai，如果我們要比賽刺魚就不能忘記一個

人。」Avango說著努嘴往Lono王子方向看去。

Zawai朝Avango說的方向看，看到了Lono王子，於是欣然點頭笑笑說：「是啊，是不能忘記他。」

兩個人將船划向Lono王子前方的沙岸，Zawai打趣說：「一個人這樣走不無聊嗎？」

Lono王子抬眼看著船上的Zawai，也笑笑說：「有什麼事嗎？」

「大好天氣，今天海面上聽說魚群很豐富，有沒有興趣一起去刺魚啊？」Zawai問。

「刺魚？」Lono王子似乎被問得有點突然，喃喃說道。

「船都幫你準備好了，就等你點頭。」

Avango說完，讓巡守隊把船放進淺灘裡。

「你是說海上比賽刺魚？」Lono王子再問一次，好像仍在五里霧中。

「是啊，咱們三個一起，比、賽、刺、魚。」Zawai一字一頓地說。

「我想不只我們三個，所有村民都可以一起來比賽，我們把今天所得到的漁貨量辦個慶典慶祝，然後大家一起暢飲高歌。」

Lono王子突然提出建議說。原來他先前不是糊塗聽不明

白，而是在心裡思索著更好的計畫啊。

Lono王子的話一出，村民歡欣鼓舞，拍手叫好，一時舢舨船、竹筏、獨木舟都出現在海上了。一個受村民愛戴的王國共主不管做什麼事都想到村民，也難怪這麼受歡迎。村民的船隊向外海出發了，留下小孩和女人在沙灘上追逐螃蟹和蝦子，從海岸拾起一把把綠藻的女人們，大家共同的願望就是為出海的男人們準備一頓豐盛的晚餐。

「媽媽，爸爸會回來嗎？」孩子們抬頭擔心地問。

「會，太陽在山的那一邊爸爸就會回來了。」媽媽摸摸孩子的頭肯定地答道。

就這樣這個海上王國在海神與山神的保護下，這麼地無憂無慮地過著神仙般的日子三千年，Pusoram人也因此在海神的庇護下保留了三千年不再流浪和漂流的日子。

Pusoram人的故事，還沒有完結，更多精采故事，將在「蘭陽溪的風雲」中繼續……

少年文學24　PG1428

宜蘭海傳說
──海上夢幻王國・永遠的家園

作者／張秋鳳
責任編輯／廖妘甄
圖文排版／周妤靜
封面設計／王嵩賀
出版策劃／秀威少年
製作發行／秀威資訊科技股份有限公司
114 台北市內湖區瑞光路76巷65號1樓
電話：+886-2-2796-3638
傳真：+886-2-2796-1377
服務信箱：service@showwe.com.tw
http://www.showwe.com.tw

郵政劃撥／19563868
戶名：秀威資訊科技股份有限公司
展售門市／國家書店【松江門市】
104 台北市中山區松江路209號1樓
電話：+886-2-2518-0207
傳真：+886-2-2518-0778

網路訂購／秀威網路書店：http://www.bodbooks.com.tw
國家網路書店：http://www.govbooks.com.tw
法律顧問／毛國樑　律師

總經銷／聯寶國際文化事業有限公司
221新北市汐止區康寧街169巷27號8樓
電話：+886-2-2695-4083
傳真：+886-2-2695-4087

出版日期／2015年7月　BOD一版　**定價**／250元
ISBN／978-986-5731-28-1

秀威少年
SHOWWE YOUNG

國家圖書館出版品預行編目

宜蘭海傳說：海上夢幻王國.永遠的家園 / 張秋鳳著. --
一版. -- 臺北市：秀威少年, 2015.07
　　面；　公分. -- (少年文學；PG1428)
　BOD版
　ISBN 978-986-5731-28-1(平裝)

859.6   104010163

讀者回函卡

感謝您購買本書，為提升服務品質，請填妥以下資料，將讀者回函卡直接寄

回或傳真本公司，收到您的寶貴意見後，我們會收藏記錄及檢討，謝謝！

如您需要了解本公司最新出版書目、購書優惠或企劃活動，歡迎您上網查詢

或下載相關資料：http:// www.showwe.com.tw

您購買的書名：＿＿＿＿＿＿＿＿＿＿＿＿＿＿＿＿＿＿＿＿＿＿＿＿

出生日期：＿＿＿＿＿年＿＿＿＿＿月＿＿＿＿＿日

學歷：□高中 (含) 以下　　□大專　　□研究所 (含) 以上

職業：□製造業　□金融業　□資訊業　□軍警　□傳播業　□自由業

　　　□服務業　□公務員　□教職　　□學生　□家管　　□其它＿＿＿

購書地點：□網路書店　□實體書店　□書展　□郵購　□贈閱　□其他

您從何得知本書的消息？

　　□網路書店　□實體書店　□網路搜尋　□電子報　□書訊　□雜誌

　　□傳播媒體　□親友推薦　□網站推薦　□部落格　□其他＿＿＿＿＿

您對本書的評價：(請填代號　1.非常滿意　2.滿意　3.尚可　4.再改進)

　　封面設計＿＿＿　版面編排＿＿＿　內容＿＿＿　文／譯筆＿＿＿　價格＿＿＿

讀完書後您覺得：

□很有收穫　□有收穫　□收穫不多　□沒收穫

對我們的建議：＿＿＿＿＿＿＿＿＿＿＿＿＿＿＿＿＿＿＿＿＿＿＿＿

＿＿＿＿＿＿＿＿＿＿＿＿＿＿＿＿＿＿＿＿＿＿＿＿＿＿＿＿＿＿＿＿＿

＿＿＿＿＿＿＿＿＿＿＿＿＿＿＿＿＿＿＿＿＿＿＿＿＿＿＿＿＿＿＿＿＿

＿＿＿＿＿＿＿＿＿＿＿＿＿＿＿＿＿＿＿＿＿＿＿＿＿＿＿＿＿＿＿＿＿

11466
台北市內湖區瑞光路 76 巷 65 號 1 樓

秀威資訊科技股份有限公司　　　收

BOD 數位出版事業部

....

（請沿線對折寄回，謝謝！）

姓　　名：＿＿＿＿＿＿＿＿　年齡：＿＿＿＿　性別：□女　□男

郵遞區號：□□□□□

地　　址：＿＿＿＿＿＿＿＿＿＿＿＿＿＿＿＿＿＿＿＿＿

聯絡電話：(日) ＿＿＿＿＿＿＿＿＿＿　(夜) ＿＿＿＿＿＿＿＿＿

E-mail：＿＿＿＿＿＿＿＿＿＿＿＿＿＿＿＿＿＿＿＿＿＿